KB132321

여름 키코
주하림 시집

문학동네시인선 176 주하림

여름 키코

시인의 말

시에스타, 도시의 모두가 잠든 시간
점점 더 바다 쪽으로
점점 더 바다 쪽으로
3km 안 해변을 알려주는 표지판
이 무더위 끝에 사랑이 언제 멈춘 것인지 알게 된다

*

나는 그냥 행복하네 달려도 달려도 올리브나무가 보이는 곳에서
삶에 대한 쓸모없는 집착에서 자유로우며 날아오르네 매일 꿈꾸고 내일이 즐거워 우리가 파랑을 너무 사랑하니까 나는 그것에 맞춰 춤출 수 있네 무한 속에서 희미하지 않게 아름답게 용기 내어 여기까지 살아온 내가 고맙다

2022년 7월
주하림

차례

3부 빨래가 타는 장면

4부 함께한 여름의 사진을

1부

그을린 우주

여름 키코

테이블 위 케이크
케이크가 난방에 녹고 있다
동그란 어깨뼈를 드러낸 사촌 여자애들이 모여서 케이크
를 먹는다
긴 흑발의 언니와 동생들
그만 먹자 키코, 크림은 몸에서 녹지 않아
왜 크림은 입에서 녹잖아 의자에 앉아서 먹자
여름에는 남자가 도망간다 멀쩡하게 같이 살던 남자가
그후로 의자를 모으는 취미가 생겼다 점점 좋은 의자를
모았고
언니는 의자를 쌓아놓고 의자 꼭대기에서 창을 바라보는
취미가 생겼다
그녀 표정은
빈방을 고통으로 채색하려는 듯
더운 곳에 가고 싶다
그리스, 덥고 인간의 환대로 가득한

언니의 의자 모으는 취미는 여름에도 가을에도 끝나질 않
는다
남자가 또 도망간 뒤 이제는 취미 대신 아나키스트 땅 거
래 집문서 공부를 시작했지

마지막 꿈꾸기와 더 나은 꿈 기억의 두 가지 빛이 섞인다

누군가 포크로 케이크 바닥을 긁는다

동그란 어깨뼈에 맺히는 땀

중학교는 다니지 말걸 파란 대문 뒤에서 옆 남고생 애들을 대주던 여자애와 오토바이를 타다 종아리 화상을 입던 애들뿐이었거든

잠들기 전까지 괴기한 생각

이제는 우르르 몰려다니지 않는 사촌들 그중 하나가 길바닥에서 발작하며 피거품을 뿜는다 간질이래 얘기 들었어?

블러드 문blood moon에 고백을 받았대

나는 너의 어느 쪽을 밀어도 만지고 싶은 미래

기억은 자기를 알아보는 누군가 나타날 때까지 기다린대

하지만 천국에도 지옥에도 그런 에피소드는 없었지

블러드 문이 뜬

바닷가

바닷가

천국이 지나간 자리

언니의 남자들은 언니 마음이 투사된 그림이야

키코, 그를 잠깐 사람으로 왔던 신이 쓴 글이라고 생각해

종아리 화상 때문에 졸업식 사진은 상반신뿐

잘려나간 하반신들이 걷고 있을

바닷가

끈적거리는 피의 해변

머리카락에 크림 닿는 것이 싫어 단발이 되었다 졸업식

―에 올 수 없는 부모와 누군가에게 일일이 실망할 기운도 없다 120페이지 종아리 화상이 벚꽃 잎처럼 보인다 비가 오기 시작

―

베케이션 빛

깨진 글라스가 모래사장에 흩어져 있다
타버린 깃털 태양은 탈주하기 좋은 벌판
넘어지면 몸은 어디에 숨길까
자고 일어나면 모르는 상처들이 생겨나 꿈속에선 걷기
만 했다
그의 태도 그가 떠난 후 해변으로 도시로 맴도는 패턴

위험하다고 생각 안 해봤어요? 나 위험할 수 있는데
그것은 다른 나를 의미하는 것이겠지 동지가 필요해지면
사랑한다는 말은 얼룩이 된다
너의 시선을 외면할 때 태어나는 장면들
메마른 희망을 갈망으로 바꾸는 법을 가르치고
심장을 사로잡네, 사랑이 그의 얼굴에서 근심을 치울 때
마다
무너진 담벼락에 기대 빅토리아 콜론나의 시를 읽어주
는 그와
백사장 하얗게 말라가는 산호들
블론드 온 블론드가 흐르는 그와의 입맞춤
해변의 밤은 헬레나 스타일이나 드래그 퀸으로
주말에는 화가로 지내
하루는 철제 샤워부스 안에서 잭나이프로 서로의 가슴을
찢어주었어

삼 일 중 이틀은 해변 맨션에서 화판을 초상화로 채웠다
　　아침이면 피부가 차가워진 룸메이트가 돌아왔다
　　누가 얼굴에 기름을 뿌렸어
　　장사를 망쳤어?
　　히스패닉계 친구가 너를 어떻게 불렀는지 기억나?
　　슬픈 눈purple eyes……
　　초상화는 그리지 않기로 했잖아
　　돌아가지 않을 거야 그을린 우주……
　　속이 비치는 해파리가 항구에 널려 있다
　　떠나기 전까진 그 여자가 제일 불쌍했어요 진짜 만나게
될 줄 몰랐어요
　　항구에서 보고 당신을 찾아다녔어 깨진 조가비 검은 숨 검
은 모래가 침대에서 부서진다

　　바다와 강이 만나는 녹슨 다리 아래,
　　흐르는 물 위에 누우면 어떤 희미한 한때도 내게는 행복
한 한때였다
　　해변의 사층 맨션 빛 없는 복도
　　젖은 발자국 손끝에서 타들어가는 마리화나
　　지루한 날들
　　몇 개의 펄스pulse
　　마지막 여름 당신이랑 있으면 진정이 안 돼요
　　지난해 이별 지난여름

사층짜리 맨션 발코니 밖으로 흩어지는 모래
너를 만나 태풍에 씻겨나간 모래들
네게 오는 순간들 네게 오는 순간을 두려워하면 안 돼 시
간은 멈춰 있지 않아*

키스보다 자꾸 얼굴을 바라보게 돼
석양에서 튀어나온 손이 모래알이 붙은 등을 쓰다듬는다
내게 오는 순간들 오지 않는 순간들

* 영화 〈And While We Were Here〉(2012).

가까운 내면

강은 꽁꽁 얼어 있다 빙판 아래 돈이 얼어 있다 화폐가 얼
어 있다
나는 오늘 슬픈 일이 있었는데 말하지 못했어
우울증도 마술이면 좋겠다
신경안정제가
화분에서 싹을 틔우고
흩어지는 깃털
얼어붙은 눈동자
라티시머스 돌시latissimus dorsi
동면
암막 커튼
굴러다니는 알약통
손가락 사이로 빠져나가는 빛
갈비뼈 사이로 새어들어오는 통증
알아들을 수 없는 비명
들어오는
나가는
잘려나간 머리
잘리지 않는 칼날
연꽃 구멍
환 공포
구멍 뚫는 기계
건축이 빠진 건축가

예술이 빠진 예술가
젖가슴이 닿지 않는 포옹
미러
목소리가 아니라 목소리에 가려진 그림자

몽유병자들의 무르가murga

얼마나 벌어야 너랑 살 수 있을까
파도 위의 서퍼들
다이아몬드처럼 빛나는 물결
네가 내 마음에 들려고 노력을 많이 했나봐
입에서 짓무른 복숭아 냄새가 나거든
젊은 날의 조코비치처럼
태양 아래 조코비치처럼
목덜미 땀냄새
테니스코트 위를 굴러다니는 볼
붉은 꽃의 꽃말은 바람이 불고 썩은 정액 냄새가 난다
플라워 패턴 반다나를 쓴 저애들은 어디 출신이야
우린 발리에서 만났고 그때부터 성격이 좋지 않았어요
하지만 이번엔 무엇이 되기 위해 바다를 찾은 것은 아니야
우리가 바다 앞에 컨테이너와 노점상을 지어놓고
여름을 나는 건 바다에서 들려오는 무르가 무르가 때문에
손에선 늘 소금 마늘 레몬 냄새가 나고
이따위 엉터리 천국은 나도 만들겠어*

　무한히 아름다운 날들, 물냉이 향, 서퍼들이 먹고 난 그릇
들, 설거지하다 생긴 상처는 곪고 마르지 않고
　해가 지면 너는 모닥불과 치킨 춤으로 시끄러운 비치 파
티에 갔고
　때론 롱보드 대신 다른 것을 옆구리에 끼고 돌아왔지

웃고 마시고 흔들며
해변에서는 좋아하는 사람을 눈으로 좇게 되어 있어
다시 검은 숲으로 사라져가는 반딧불이같이 우리의 이별
을 생각했지
해변의 컨테이너로 들어오는 공기
폐에서 빠져나가는 공기
주방과 거실 바닥을 굴러다니는 차가운 테니스 볼
손에서 바다에서 낮게 불어오는 오줌냄새 무르가 무르가

* 영화 〈Le Tout Nouveau Testament〉(2015).

덴마크 입국소에서

언니는 미술학교에서 정신병자로 불렸습니다

아침 광장에 나가 청소부들을 그렸고 어깨에 앉은 새들의 말을 들어주었죠 새들의 머리에 키스할 수 없게 되더라도…… 너무 슬퍼하지 말자

그녀는 명령을 기다렸어요 죽은 자의 얼굴을 색칠하고 덧칠하다

그 얼굴을 영원히 갖기 위해 덧칠을 긁어낼 것이다

가끔 헤어진 그에게 망령을 보내요 잠든 얼굴을 색칠해 그의 영혼이 그를 못 찾게 하려고

망상이란 이해할 수 없고 사실이 아니며 주위의 어떤 말에도 흔들리지 않는 믿음이라는 것을 알지만

모래가 흐른다

유리 벽면을 타고 모래가 흐르는데

그녀는 가방에 깨진 모래시계를 넣고 다녔어요 회상 치료라고 했어요 지금 가까이 오면 네 그림자는 불타게 될 거야 회상에 관한…… 나에게 좋은 일들이라고…… 원하는 일이 되지 않더라도 너무 슬퍼하지 마

그곳에는 눈 내리지 않는 계절이 없어요

언니는 수업중에 파란색 물감을 빨다 선생님에게 크게 혼나고 화가의 꿈을 포기했다지만 언니가 그 황홀을 포기할 리 없죠 예술은 심장의 천공 같은 것이니까

우리는 추운 공항에서 태어났습니다

나는 다리 아래서 인형극을 하며 돈을 벌었죠

인형 옷을 갈아입히고 바닥에 쏟아지는 은화를 주우며

오래전부터 이민을 꿈꿔왔습니다

언니와 내게는 아주 슬픈 기억이 있어요

그것을 열면 썩어가는 문, 손도끼가 박혀 있는 문

집은 늘 가라앉은 먼지처럼 고요했고

기억은 언제든 이야기를 원하죠 어떤 시점으로부터……

기술이 필요하다고 들었습니다 인형을 조금 움직이게 할
수 있고

받아놓은 욕조 물이 넘치는 동안

핏빛 악몽은 언니의 젖은 알몸을 에워싸죠

뿌연 수증기로 가득찬 욕실

형광등 불빛 아래 흘러가는 핏물과

욕실 타일 검은 틈을 향해 꿈틀거리는 눈꺼풀

언니는 상트페테르부르크나 오슬로 출생이라 믿고 있어요

한 편을 갈기갈기 찢어놓은 영화의 주인공처럼

학교에 다니고 위생적인 분위기에서 대화를 이어갈 수 있
다고 말예요

여행 가방 위로 쌓인 옷가지

호텔 로비에서 밤새 빨간 물감 튜브를 물고 서성이는 그
림자

— 　벽면을 타고 흐르는 깨진 모래시계의 시간
　문에 꽂힌 손도끼를 지나 오슬로의 밤 오슬로의 안개

—

론드리

빨래가 잘되라고 세제를 들이붓는다
어제 잡아온 물고기들이 함께 들어간다
세탁기가 돌아가고
으깨지는 물고기들
붉은 원피스
붉은 회오리
거실에 있던 꿈속의 아이가 울기 시작한다 아이를 달래려
하지만 아이는 네발로 기어 도망간다 여름은 사라지고 색색
의 빛 색색의 타일 문이 열리고 무언가 눈을 감고 당신을 만
지고 있다 창문 없는 방 무엇이 널 이렇게 조용하게 만든 걸
까 이렇게 큰 창을 가지고도
누군가 어제 물고기를 잡던 그물망을 찢어놓고 달아났다

지붕 끝에 걸린 자귀나무 잎사귀 벌레들
꿈속의 옥상 휘날리는 리넨 그 사이
가끔 보이던 너의 얼굴이 바람에 찢겨나가는데

2부

한 편을 갈기갈기 찢어놓은 영화의 주인공처럼

July

카밀라 위층

희미한 전등빛, 의자가 없으니까 키 큰 사람이 필요해 아시안 요리가 먹고 싶어 하지만 그을린 빵 새카만 커피 물안개 핀 강을 걸으면 노을색은 잊혀지질 않는다 전화가 끊기면 화장실 문을 잠그고 흐느낀다 누군가 노크한다 무슨 일이야 너 괜찮아? 아이 원트 투 고 아웃사이드 아이 헤이트 피플 핍 구석자리로 와 엉덩이를 때려달라는 레이디보이 설명할 수 있을까 나는 어디에 있다고

해변에 가면 키 큰 사람은 필요 없겠구나 아웃사이드 테이블에 앉은 잘생긴 남자도 통유리 높고 뚫린 천장, 처음 보는 당신이 묻는다 좋아하는 계절 처음 본 사람이랑 친구한 적 있어요? 속옷 한가운데로 들어오는 인사에 잠옷을 벗으며 나의 스킨색이 떠오르지 않는다 싱글 룸 나무 바닥에 누우면 몇 년 전 나를 떠난 개가 입에 무언가 물고 걸어온다 깨끗하게 닦인 원석 하나가 손바닥에서 빛난다

헤엄을 치려고 국내선을 갈아탄다 물이 뚝뚝 흐르는 찢어진 수영복을 버린다 야자수 아래 야자수 끈으로 엮은 그네가 흔들린다 그네를 타고 바다에 갈까 투어는 내일이고 정오의 식당에서 만난 남자가 따라와 말을 건다 나랑 호텔 갈래 스리 헌드레드 달러즈 누군가 나를 렌트하고 계약서에 사인하는 장면을 떠올린다

방금 스팀 청소를 마친 이불
햇빛, 크고 뾰족한 붉고 푸른 돌
렌트한 집 무언가 눈을 감고 너를 만지고 있다
여름은 사라지고 색색의 빛 색색의 타일
수영장 바닥은 연하고 갈수록 짙어지고
바다에 누워 있는 나
상처받은 그날로부터 계속
동양인은 나 혼자가 될 때까지
여자는 나 혼자가 될 때까지
내가 다시 그때가 될 때까지
수영장 타일 위로 떠오르는 물방울 빛
망각도 훈련이야 처음이자 마지막 사랑이었던 그의 유언

자오선
바다 위로 지나가는 열차 안내 방송
다리 위에 앉아 입에서 우유맛이 나는 소년과 시티 팝을
듣고 있었지
너는 온순하게 길러진 양의 얼굴로 나를 본다
양의 털을 밀자 양털이 흩어진다 티셔츠에 털이 달라붙
는다
낫 리브 떠나지 않는다 더위에 잠든 개 새벽까지 키스를
나눈 뒤

너를 작은 목회자 모임에서 다시 만난 일 외출 때마다 뿌
린 퍼퓸 향
　　사시나무 잎사귀들이 은빛으로 나부낀다
　　언제까지 여기 있을 거야? 망종芒種이라는 말 들어봤어?
　　너에 대한 거…… 누군가에게 주고 싶었던 게 마음이 아
니라

　　그해 여름 미친듯이 퍼붓던 비를 맞으며 끝났는데
　　큰 창이 있는 방에서 벌어진 일들 소나기를 피해 들어간
사원 수영장 물속에서
　　갑자기 이 시간들을 모른 척할 수 없을 만큼 너는 한없
이 다정해
　　보름 전 내 머리색은 더 짙었고
　　수영장 바닥 기포가 펑펑 터지는 것을 바라보고 있었다
　　봐 흙탕물에 뭔가 움직여

　　돌아가는 길 노래는 듣지 말걸 수업에는 언제 올 거야 같
은 반 친구에게서 메시지가 온다 좋아하는 말을 들어야 끝
나나봐 너는 거짓말을 한 적이 없는데 나는 거의 끝나간다
고 생각한다

　　고작 그것이 우리 시간이 보여준 영원이었는데
　　빈 물병을 다리 아래로 던진다

언덕 없는 이별

우리는 도서관 통로에서 깊은 키스를 나누었다
어떤 영혼이 지나온 길고 무거운 한숨
죽음의 섬이라는 제목의 스위스 화가 그림이 걸려 있다
키스를 나눈 도서관 창문으로 벚나무 가지들이 들어왔고
마침 깨어난 개구리가 아무도 없는 밤의 연못을 헤맨다
우리는 그때까지 어떤 것으로도 다시 만날 수 있다
나는 그때 조용한 가축들의 울음이 느껴지기 시작했다
너의 마른 등 뒤로 11번 트랙을 들려주었고
너를 만났을 때 비로소 그 연주자의 긴 이름을 다 외울
수 있었다
그때 시간은 구소련 음악가들의 무대처럼 춥고 넘쳤지만
세상의 이목을 피해 천사가 연주하던 곡은
실은 신의 조롱으로라도 다시 만나고 싶었던 그대
연주가 끝나기 무섭게 나의 얼굴은 일그러지고 화면 속에
너는 흑백으로 죽어간다 우리는 침묵을 깨는 입맞춤* 사
라진다

* 오페라 〈투란도트〉.

029

이스키아 이스끼아

정오의 유리창
착란 증세로 십일층 아래로 뛰어내린 작가의 초기작
널려 있는 캐리어 짐
천국의 뒷면으로 불리는 이곳엔
어둠에 잠긴 욕조도
한쪽 날개가 부러진 딱따구리 같은 가족들도 없지
레이스와 라탄으로 엮은 모자가 날아간다
그것을 쓰고 밖으로 가야 하는데

자기 살을 찢어 흰 뼈를 드러내고
피투성이 모습으로 광장을 향하며 기억은 보여준다
이 어둠 속에서 클레멘타인을 부르는 이를
열리지 않는 창 죽을힘을 다해 그것을 잊지 않으려는
어둠 속에서 어둠은 검고 젖은 날개 펄럭인다
어둠은 당신에게 슬픈 춤을 건넬 수 있다
붉고 아름다운 입술을 훔쳐줄 수 있다
괴로워 그르친 일들 되돌려줄 수 있다 잠에서 깨자마자
당신은 태양 대신 끌려가 작물처럼 길러진다
나를 잡아줘 나뭇가지가 부러진다
이스키아 이스끼아

누군가 천국을 발음하면 부러진 나뭇가지가 늑골을 파고
들어

검푸른 바다 해변

구름이 비치는 웅덩이 골목을 지나

파란 벽지와 가구들이 놓인 천장 높은 방, 펄럭이는 커튼

여기 살았던 여자는 나폴리항 티켓을 찢고

반대편 섬을 향해 망설였을까 돌아갈 수 없는 흔들리지
않는 꿈을

나는 천국에 놀러와 하루 동안 창을 열지 않았어

벽에 걸린 길고 둥근 거울

돌아온 모자를 쓰고

거울 속 그림자가 목이 아프다고 운다

맥박이 뛰고 레이스 커튼이 바람에 휘날린다 다음 차례는
내가 될지 모르는데 침대 시트의 갈색 자국이 그것을 빨아
들이고 있었다

붉은 유령

내가 질베르트를 사랑할 무렵 더 먼,
사랑이 한갓 외면뿐이 아니고 실현 가능한 실체처럼
생각되었던 시절까지 나는 거슬러올라갔다
—『잃어버린 시간을 찾아서』 중에서

신은 우리를 가리켜 시가로 흐르는 강이나 강을 가로지르
는 시가와 같이 떼어놓지 못하는 것으로 만들었다 우리는
우리의 지느러미 혹은 고통보다 먼저 태어나 그 속에 몸을
버려두었다 헤엄을 배우는 동안 비늘이 떨어져나갔고 나는
그 경험을 간직할 수도 간직하지 않을 수도 있었다 설탕통
을 쏟자 다시 떠오르는 기억

해변의 이층 방
창을 열면 멀리 흰 포말이 이는
낮은 담장에 기대어 나를 기다리는 너
잠수 장비들이 그을린 어깨에 걸쳐져 있고
팔다리에 달라붙은 모래알이 슈거처럼 빛나고
담장 아래 잠든 고양이들
그날의 대화 길어진 여름의 대낮
우리 뒤를 따라오던 젖은 유령

책상에 쏟아진 검은 잉크가 괘종에 맞춰 뚝뚝 떨어지던
날의 기록

〈떼어놓을 수 있는 존재들; 혼혈과 쌍둥이 품속에서 굵
어져가는 십자가 자주 애절한 사랑으로 창을 바라보던 연
인들〉

　무너진다는 말과 이층에서 끝난 계단
　계단의 어둠이 끝날 때까지 몽상에 잠기는 짓
　그것 또한 또다른 한 장면에 불과하다…… 붉은빛 푸른
물고기 물속의 물고기가 흩어질 시간 앞에서 사라질 눈물
을 흘리고 있다

스웨터 침엽수림

병원이 어디야 나는 철제 침대 아래서 퍼즐 조각을 맞춘다
오지 않아도 돼 부푼 배를 붙잡고 원래 겨울엔 일주일에
삼 일 빼고 아프다고 답했지
병원의 소독내, 젊은 의사가 가볍게 이별하듯 흘리는 웃음
그것들을 마주칠 때 라디오에서 흘러나오는 한 아일랜드
밴드의 연주
빈혈기
대낮 광장을 가로지르는 새들
겨울 강의 물빛
그것을 바라보는 눈
어떤 꿈의 암호, 유릿조각이 흩뿌려진 기타
그 밴드는 아일랜드가 아니라 핀란드 아니 스웨덴 출신
인지 모른다
내과 병실, 여자들은 매일 배가 아프다며 울고
밤마다 벽에 머리를 찧는 여자는 속옷 차림으로 달아나
는 꿈을 꾼다

새카맣게 썩어가는 꽃다발…… 접힌 퍼즐 조각을 간호사
가 주워준다
모두 잠든 병동은 새하얀 겨울
울다 지친 여자의 젖은 이마에서 풍기는 축축한 냄새
래글런 코트를 입고 침엽수로 빼곡한 길을 걷고 싶다
북부지방의 병든 자들은 기도를 들어주지 않는 신을 꽝꽝

언 호숫가에 던져버리겠지
얼음판 위로 코요테가 낑낑대겠지
이제 신에게 나쁜 말은 관둬야지 병원에 있는 동안
끊어진 통화음 너는 정말 올 수 있을까

스웨터 좁은 입구, 목은 빠져나오지 못한다
스웨터 안에서 스칸디나비아반도 침엽수림에 둘러싸인
빙하를 생각한다
출렁이는 얼음들
아일랜드 밴드의 연주가 멈춘 동안 시간은 흐르는 것이
아니라 변해간다
반도의 밤 어딘가에서
다친 허벅지를 얼음조각으로 도려내는 천사의 가쁜 숨,
물위에서 하염없이 쪼개지는 빙하처럼

Port of Call

그가 여자를 죽인 것은 처음이 아니다
그는 트럭 사고로 자기 엄마가 죽는 것을 똑똑히 보았다
여자는 열여섯, 후란에서 왔다 홍콩은 달랐다 무엇이든
갖고 싶었다
여자는 작은 아파트에서 엄마와 계부와 살았다 이층 침대
위에서 낯선 남자들과 연락을 주고받았다 이층 침대 아래서
언니가 늦은 시간에 어디를 가냐며 나무랐다 도시는 더위에
지쳐 더러운 숨을 내뿜는 거인 같다

  새들이 버린 알을 주워다 길렀어요
  후라이를 해서 먹기도 했죠 고통이 반복된다는 말을 떠
올리며
  깨진 껍데기를 창밖에 버리면 다시 그날의 이미지
  곤두박질치는 새의 영혼
  마지막 천막 위의 하늘
  그날 나는 당신의 말들을 이해하지 못했죠
  우리는 방에 누웠죠 후란에서 사귄 남자친구와
  정육점 돼지처럼 뒹굴었죠*

여자는 매춘을 하다 남자와 만났다 여자는 죽고 싶다고 말
한다 작고 어두운 방을 비출 뿐 영화는 그녀가 왜 죽고 싶어
하는지 말해주지 않는다 남자는 도와준다고 말한다 남자는
내장과 장기를 변기에 버린다 피와 붉은 조명

과거에 여자는 낯선 남자와의 잠자리에서 그의 게임기를
갖고 싶다고 말한다 남자는 하루만 공짜로 만나달라고 말한
다 그리고 이 일을 그만두기를 바란다 Your Love Is Killing
Me 여자는 남자를 사랑하게 된다 베드신은 기괴하고 나는
끝까지 여자의 매춘 사실을 믿지 못한다 남자 위에 올라탄
여자 몸짓은 억지스럽고 여자는 9학년을 마치지 못했다
　잠수부가 시신을 찾는 동안에도 여자 죽음에는 이유가 없
다 그러나 옥상, 아파트, 복도, 육교…… 너는 잠시 머무는
것이었다 게임기를 갖고 싶다고 조르는 미소, 드러나는 잇
몸, 붉은 깃발과 널린 천들 내게는 그것이 한 겹으로 보인다

* 영화 〈Port of Call〉(2015) 속 쟈메이의 대사 중에서.

검은 겨울

봄보다 겨울에 죽는 사람이 많다 사람들은 수군거렸다 혼
자 마망의 장례식에 참석하지 않은 것을 두고—나는 늘 그
녀에게 가 있었으므로 죽은 자와 죽어야 하는 자 나는 지나
쳐 다른 그림자로 살았다

우리는 서사를 잃은 스물세번째 밤에 머문다 내게서 태어
난 망명자들은 고국의 애정을 견디지 못한다 뿌리 없는 식
물을 안고 잠을 청하는 남자의 침대, 여행지에서 만난 여자
때문에 남자는 유서를 찢고 *한의 인간에서 숙명의 인간으
로 건너간다*

손거울은 상처를 받아야만 말을 한다 흉작의 들을 비추고
당신을 견딜 수 없어 만난다 그의 손 바깥으로 떠돌던 영혼
들이 몰려온다 그동안 심장은 얼마나 추운 곳이었는지 나의
가장자리는 그런 것이었는지

열차 삼등칸 그와 나란히 앉아 함부르크 작은 도시를 통
과한다 빛은 이곳까지 오는 데 얼마나 걸릴까 그가 창밖을
가리킨다 누군가와의 이별 그것은 펜던트 영혼처럼 가는 목
에서 반짝거렸는데

나는 행복하지 않게 살 수 있다 독일어 수업을 듣고 발레
배우는 여자아이들을 집에 데려다주고 아이에게 유태인에

대해 말해줄 수 있다 젖은 낙엽과 은행잎이 어떻게 세상 어
딘가에서 부서지는지 고국의 환각을 잊지 않기 위해 망명자
들은 어떻게 세상을 거부하는지

　좋아하는 나라를 물으면 당신은 내가 있는 곳이 국적이었
으면 좋겠다고 말한다 나도 당신이 내 국적이었으면 좋겠지
만 어떤 말실수로 이방인들은 전쟁 포로가 되니까

장미 덩굴 아케이드

　눈이 녹지 않은 벌판
　눈이 녹지 않는 나라에서 그는 생리학을 전공하고 싶다
고 말한다
　사실 삼등칸 옆자리는 늘 비어 있었고
　우리가 침실 아닌 곳에서 꾸던 꿈은
　부러진 열쇠로 열어야 하는 문
　호숫가, 나는 백조 그림자 뒤에서 그것을 바라본다
　감았다 뜨면 사라지는

　당신은 여전히 눈 내리지 않는 나라에 산다
　당신이 지나간 후 장례에 대해 생각한다

ㅡ　흰빛에 둘러싸인
　　당신에게 검은 안경을 씌우고 눈 덮인 벌판에 서서

　　사랑의 어떤 것도 남아 있지 않았을 때
　　사랑은 그녀를 찌꺼기로 만들었지만
　　그럼에도 그녀는 젖어 있는 찌꺼기

　　당신의 외투 속으로 들어가 그치지 않는 환각
　　나의 사랑하는 마망과 고국…… 그것을 이어붙이는
　　목소리, 언제나 목소리

* 이탤릭체로 된 문장은 롤랑 바르트의 『사랑의 단상』에서 변형해
가져왔다. 이를테면 이것은 거짓 장례와 공소기각, 망각하지 않는
연인, 자살하지 않는 연인, 운종은 노름꾼, 선택받은 날들…… 그
의 세계의 모든 이미지가 그 스스로의 결말임을 알려준 바르트에
게 보내는 헌사이다. 그럼에도 이 역시 사교적인 서명에 불과하다.

쇼스타코비치의 숲

  당신에게 묻고 싶은 것이 있었네 그 묻고 싶은 것에 끝이
있다면 그 묻고 싶은 것이 끝내야 하는 것에 있다면 나는 밤
마다 오열하고 싶었다 갈라진 마룻바닥에 귀를 대고 폭격
과 총성—정신이상자들과의 선량한 화해 정부의 총알받이
를 하던 시절, 총애하던 몇몇 화가와 작가 연주가 기고가 들
과의 저녁 만찬

  궁핍은 신에게도 어렵겠죠 모인 사람들은 시답지 않은 비
유에도 큰 소리로 웃었다 그러나 담배 냄새, 음식냄새로 가
득한 실내에서 모두 힘차게 돌아갈 생각이라도 해야 했다

  밤의 오열을 만져주는 둘째 날의 저녁
  뻬쩨르부르그의 어떤 아이가 그림자로 돌아다녔다 아무
도 죽지 않으려는 게 이상했어 만찬의 밤이 끝나가던 복도
층계 끝, 연주가 흘러나오던 방
  피 묻은 손으로 머리를 쥐어뜯던 피아니스트와 그 방의 문
을 열고 들어가는 뻬쩨르부르그의 아이
  피아노를 빌려줘요
  7월의 어느 멋진 날에 울면서 키스를 한다네
  신도 가끔 유리창에 코를 박고 자빠지지
  그녀의 다듬어진 우아함에 반해서
  피아노를 빌려줘요
  뻬쩨르부르그의 아이가 피아노 위에 놓인 담뱃갑을 거칠

게 �췬다
  당신은 왜 식당에 내려오질 않죠?
  내가 보기에 그녀는 너무 많은 왈츠를 추고, 너무 많은 이
와 작별한 것 같아
  나는 여기서도 숱한 사람들을 만나 너무 꽉 끼는 조끼를
입은 사내, 일생 동안 쓰고도 넘칠 유산을 받은 소년, 정부
의 바람기를 불안해하는 늙은 여자나 사기를 치고 달아나
려는 자, 그리고 나처럼 자기 연주를 듣고도 더는 슬퍼하
지 않는 자
  아저씨, 악상이 떠오르나요?
  나는 이제 혼자 하는 게임에도 운이 없단다*
  버려진 악상들이 몰려오는 피난의 도시
  뻬쩨르부르그의 아이야, 네 연주를 듣는 편이 빠르겠구나
  그러나 한 번쯤 이 방을 이 숲을 이 도시를 빠져나가고 싶
진 않았을까

  7월은 언제나 비가 내렸고
  정부의 총알받이들은 테이블에서 포커를 치고
  그녀를 위하여 나는 느리고 아름다운 춤곡을 연주하였는데

  * 영화 〈The Weeping Meadow〉(2004).

3부

빨래가 타는 장면

발로

─v에게

생각은 늘 미래에 가서 이별을 떠올렸다
지옥은 늘 며칠 걸린다 며칠을 그렇게 보낸다
갑자기 맑은 날이 찾아와
그 심정이 언제 그랬냐는 듯 전부 가져가버리기도 하고
내 전부이던 너에게
지옥은 며칠뿐일 테니 그 며칠도 마주치게 하고 싶지 않
아서
내가 대신 겪는 지옥이 있다 *당신은 원래 천사였으면서 사
랑이 어떤 건지도 모르네**
지옥에 맞서줄 상대를 찾았던 건지도 모르지만

이룰 수 없는 꿈을 누군가의 입을 통해 듣는 순간처럼
시간이 천천히 흐른다
하나에 빠져 있던 마음
매번 속더라도 쥐어야 하는 꿈
등뒤로 구름이 흐르고
지옥까지 가기에 우리 악력은 너무 약했다

* 모리야마 에나, 『이 사랑은, 이단 1』, 학산문화사, 2018.

컬렌 부인, 끝나지 않는 여름밤 강가에서

사랑에 실패한 여자의 얼굴은 수척해졌다

어떤 날은 그것이 실패가 아님을 스스로에게 증명해 보이기 위해 더 열심히 삶을 살아가는 연기도 서슴지 않았다 온통 섬광으로 가득했던 물결들이 해질녘으로 저물어가고 있었으며

이제 그녀는 소녀의 얼굴도 여인의 얼굴도 하고 있지 않았다

가끔 빈 우유병을 치우다 남자를 떠올렸고 소스라치게 놀라 병을 깨뜨리기도 했다

그것이 우유가 담긴 병이었다면 우유 범벅이 되는 걸로 끝났겠지—그러나 그와 예전 같은 사이였다면 내게 곁눈질로 살필 조심성이라도 있었으면 그의 프록코트를 붙잡는 어리석은 행동은 하지 않았을 텐데 이맘때쯤 입술이 우유 범벅인 채로 웃음을 터뜨렸을 텐데

식탁이란 건, 이런 딱딱한 의자 따윈 이제 앉아서 쉴 수도 없고 갖고 싶어한 적도 없는데 누가 이따위 엉터리를 발명한 것인가

부여받았던 생기와 정열 향기를 모조리 빼앗기고 말라비틀어진 과일 신세로 바구니에 아무렇게나 던져지겠지 남은 삶은

그때 차라리 떠나던 그의 마차에 올라타 마부가 한눈을 파

— 는 사이 그의 눈앞에서 몸을 던졌다면! 그는 그런 짓을 원치
않을 테지 아니다 귀찮은 여자 따위 완전히 사라져주길 바
랄 것이다 그러나 신이여

　신의 대리인이 찾아와
　너는 그에게 푹 빠져 있을 때 카펫에 붙은 먼지 뭉치나
　바닥에 굴러다니는 썩은 모과에 신을 비유하곤 했지
　죄송합니다 제가 그땐 눈이 멀었습니다 하나에 취해 있
었어요
　그 사람으로부터 나를 빼앗길까봐 허나 조금도 조심성이
없었지요
　그러나 왜 내가 신께 도와달라고 빌었을까요

　그녀의 심정은 하나다 비가 그친 젖은 포플러나무 아래 도
꼬마리, 개양귀비, 벌 들을 훔쳐본 뒤 미안해요 됐어요 의
미를 가질 수 없는 말들을 되풀이했다 늘 그녀 발뒤꿈치를
밝히던 조명은 꺼졌다 그녀가 그의 손수건에 수놓은 꿈이
나 오랜 이야기처럼

　머리 위를 날아다니는 커다란 나비와 당신과의 아침은 얼
마나 멋진지 신만은 아실 것입니다 허나 괴상한 사람들이
우리에 대해 떠드는 것만큼은 막아주셔요 이것이 노래라면
불러 숨이 쉬어질 텐데 그와 나누었던 대화 대신 갈라진 벽

틈을 바라보며 현재의 이해를 돕고 있습니다   —

  어젯밤 모르핀 몇 대를 맞았습니다 주치의는 수프에 적신
빵을 건넸지만 다리 잘린 식탁만 눈에 들어와요 샤워기 물
에 피는 씻기지만 조금 기괴한 분위기의 여름…… 나는 어
둡지만 여름 같았어요 수영장 일렁이는 빛, 빛을 향해 투신
하던 모기와 나방 떼가 빠져 죽은 풀pool…… 지난날 사체
로 떠오르는 잔상 속 오직 그대로서 죽어가며

밝은 방

흰 장갑
코를 푸는데 모두 내가 시끄럽다고 말해요
화장실에서 크게 풀고 오라고
나는 몹쓸 병에 걸려 얼굴이 거무튀튀해졌는데
극장 여배우를 관두고도 수년째 입방아에 오르고 있는데
지방 출신들이 전부 야망 때문에 도시로 기어오는 건 아
니죠
인간의 방에는 희고 커다란 구슬 일곱 개가 매달려 있는데
온갖 불행과 좌절을 다 겪는 동안
마침내 그것은 하나씩 하나씩 깨져버리게 되죠
깨진 조각을 치우는 동안 그것들은 살아 있는 것처럼 반
짝거려요
도시 출신도 여학교 출신도 아닌 여자들이
다 고분고분 운명의 존재를 따를 거라고 생각하나요
마주칠 때마다 내게 무얼 요구하는 당신 영감도
무대 뒤 며칠째 감지 않은 거인의 머리칼 같은 장대 걸
레도
그저 인간의 방에 고독이 생기면 모욕도 슬픔을 위해 쓰
이죠
공연히 내 신경 탓을 하려고 그따위 질문을 던지는군요

거래
젊은 수상은 당국과 관련된 일은 시간을 넉넉히 줄 수 없

다고 했다
　물잔에 쌓인 얼음이 녹는 소리
　몇 장의 어음에 서명을 했다
　사시나무가 늘어선 길을 떠올렸다
　당신 영감이라는 작자는 늘 여자의 곤경을 노리는군요
　녹은 얼음을 마셨고 어떤 증오도 일지 않았던 건
　젊은 수상 역시 내가 아끼는 사람들 중 하나였기 때문에
　교활한 눈빛을 하고 호의를 베풀고 선량한 미소를 지어
주는
　사랑, 처음에는 재미삼아 인생을―그 말의 모든 것을
　그러나 구슬이 깨져버린 피투성이 방
　나는 은퇴한 여배우의 고독으로 숨어들어 그것을 다 밟
아야 했는데

　마지막 연기
　그는 울음을 그친 나를 밝은 방으로 데리고 갔다
　역시 제가 갈게요 울고 나니 기운이 나요
　그가 실크 손수건으로 감쌌던 은빛 권총을 건넸다

오로라 털모자

내 기억은 온전치 못한 것이기에 편지를 써두어요
겨울을 보냈어요 이브닝드레스 차림의 환자가 들판을 달려
엊그제 오해 때문에 떠나보냈던 남자 뒤를 쫓기 위해
고무 오리 인형을 타고 암흑뿐인 호수를 건너
조금씩 더 슬퍼져가는 정신병자처럼
입가에 사탕 부스러기를 붙이고 그것들이 떨어질 때쯤
겨울 떡갈나무에도 입술이 생기길 바랐어요 잘생긴 귀가
보이는
기다랗고 멋진 모자를 삐딱하게 쓰고 얼어붙은 땅 따위
걷어차고

침대 아래 짐승의 가죽에 새겨진 글과
익은 열매와 멍든 과일주와 한가지로 흘러나오는 목소리
거기에 흩어진 주근깨 같은
당신을 보았어요
피부를 뚫고 나온 흙투성이 발톱
쐐기풀 망태기를 뒤집어쓰고 죽음과 나누던 이야기를
창밖에선 다른 나라 말로 비명을 지르는 눈사람
북유럽 동화를 읽어주던 당신의 털모자와
한쪽 팔을 잘라 날개를 갖게 된다면

떡갈나무 몸통에 어제 우리를 쫓던 사냥꾼 몸이 박혀 있다

겨울 오로라를 올려다보는 사람이 된다면
그곳에도 황량한 나무 한 그루까지 빨아들이는
악랄한 왕이 있겠지
아직 자신의 꿈틀거리는 탐욕이나
까닭을 모르는 슬픔
무너질 듯한 절망에 대해 알지 못하는 소녀 소년들을 앉
히고
서서히 무릎을 흔들겠지

드레스를 벗은 환자는 외친다
늙지 않는 여왕이 되고 싶다
끔찍해
놀라지 않는 여왕이 되고 싶다

숲에서 길을 잃으면 우리가 벤, 떡갈나무 집으로 향하면
되지
붉고 싱싱한 독버섯이 핀 동화집을 뜯어먹으며
구름들 콜라비 파라솔 발음이 새는 단잠 고문용 철 마스크
정신을 잃더라도 제일 어두운 이름 중에 내 이름이 있어
허연 입김을 씩씩 뿜는 개를 만져주며
돌다리에서 만나
철 계단에서 만나
우리는 다시 꿈에서도 붙잡지 못할 사람들

짐승의 가죽으로 만들어진 글과 과일주와 흘러나오는 목
소리, 거기에 흩어진 주근깨 같은
  침대에 묻어둔 이야기
  침대가 되었듯
  침대의 먼지들이 침대가 되었듯

료, 메멘토 트램Memento Tram

료, 네가 으깨지는 상상을 한다
익은 생선알과 내장처럼 희고 부드러운
너는 삼 년 전 나에 대해 물었지 아니 훨씬 전 모습을
어떤 겨울밤 동료와 선배들에게 집단 린치를 당했어
담쟁이넝쿨로 뒤덮인 레스토랑 앞에 쓰러져 있었지
백발 매니저가 와서 말을 걸었고 기억은 거기까지야

*

나는 어려운 마음으로 책을 읽어나갔어
책 속의 아이는 무언가를 가리키고 있었다
욕조에는 신사복을 입은 토끼가 누워 있었다
아이는 욕조에서 질식사한 토끼 신사를 가리키며 말했다
이 상처가 나야

*

당신에게 나는 얼음처럼 떠다녔다
얼음물 속에서 얼음처럼 작아져
당신은 괴로움 때문에 나를 떠날 수 없다고 했다
우리는 지옥에 관한 속담을 나누고
알몸으로 깨어났다

—   *

    나는 맞다가 눈을 떴다
    그리고 너를 만났을 때 삶은 다른 것이 되어 있었지
    지친 과거, 니스 해변으로 이어지던 계단

    당신을 위해 살았어 이젠 날 놔줘
    기억은 말한다*

    료, 내가 어떤 사랑을 꿈꿨다면 말이야
    알아 내가 옆에 없겠지

                                   *

    나는 멀리 있었어요 그런 얘기를 듣고 가까이 있을 사람
    은 없었죠 먼저 나왔어요 웃고 마시는 동안 거기 있는 그도
    만났던 애인 중 하나였고 그와는 얼굴을 붉히지 않을 만큼
    시간이 흘렀지만 어쩐지 생각을 떠올리면
    와인 잔을 쥔 손, 그는 악인이었어요

                                   *

    그녀를 생각하면 어떤 비유도 쓸모없어진다
—

어떤 이든 그녀에 대해 말하면 그때부터 울먹이기 시작
한다
그녀만이 완고하고 완전한……

*

죽음이니 이별이니 시시했어요
가짜 골드로 만든 낙엽 머리핀이나 신문으로 둘둘 싼 들꽃
오 이건 다이아몬드잖아!
료는 늘 압도적인 것을 원했어요 총명한 이상주의자였죠
나는 술집 작부 아들답게 금세 그 어려움을 알아챘죠

맞설 수 없는 맞설 수 없는 그것은 이미 지난 것이겠지

*

료, 네가 관둔 레스토랑 매니저를 이제 내가 아버지라고
부르고 있어
새 이불은 사람을 더 외롭게 하지

너는 헤어질 때 물었어 나로 살아서 어때 나로 사는 것이
어땠냐고
너의 웃음이 갑자기 나무 식탁에서 떨어진 팔레트 물감처

― 럼 사방으로 튄다

  미도 호스텔에서 잡은 네 손이 마지막 영감이 될지도 모
르고
  네가 처음 노래를 불러주었을 때
  그때 내 세상은 어땠는지
  주머니 속 칼이 쏟아지고
  안개 같은 목소리로 너를 붙잡았을 때
  료는 해동되는 생선알처럼 물을 뚝뚝 흘리며 서 있었지

* 영화 〈디 아워스〉(2002).

―

뮤리얼 벨처 양, 세 개의 습작*

너랑 할 때 몸이 상했었잖아 영혼에서 악취가 난다는 둥
더 젊을 때는 꿈이나 미래 좇는 일에 관심이 없었지 대신 누
구의 눈에도 보이지 않는 끈적끈적한 갈색 나방의 공격을
받곤 했어 외출 시간이 길어지면 침대 구석에서 나방은 몸
집을 늘리고 그것으로 살아가는 것은 계속 의식되었다

손등에 적는 올해까지 살자, 올해까지만 살자 정신에 조
금이라도 해가 된다면 내 꿈은 얼마나 널 더럽혔는지 얼마
나 내 꿈을 더럽혔는지 바지 속주머니를 털면 애초부터 작
고 홀로였던 빈방들이 쏟아지곤 했어

너에게 닿으려 했던 내 몸은 항상 앙상했잖아 몸에 나무를
키우고 있었던 거야 겨울에서 봄으로 여름에서 가을로 넘어
가지 않으려던 나무는 무척 지쳐 있었지 이미 오래전에 떠
난 네가 흘려주는 고름을 받아 마시며

어느 날 나무에 불이 붙기 시작했을 때 절벽에 매달린 내
게 그토록 보고 싶었지만 그토록 보이지 않던 것들이 보였
습니다 손톱에 낀 살점, 누구든 붙잡아주리란 심정 이대로
녹아 별이 되겠다는 날들이 나를 관통했습니다 손등에 적힌
글씨 따위 지워진 지 오래였고 너를 꺼내 나는 울고 있었습
니다 불안으로 덧칠된 습작, 죽어간 시간에 매달린 열매들
훗날 떠올린 나락은 그것이 전부였습니다

* 프랜시스 베이컨의 유화.

아웨나무에 부쳐

종이에 말라붙은 커피 자국
돌아가는 필름
영원보다 순간적 불화를

언제나처럼 먹구름을 몰고 와 나아질 수 있으리란 말을 듬성듬성 꺼냈습니다 열정적인 속도로 지식을 채워가는 일 관심을 끊었습니다

그저 부족한 학습에 초조해지는 것은 아마도 야망

언젠가 미쳐 날뛰는 말을 본 적이 있으며 저 또한 완성하고자 하는 의지가 생겨나버렸기 때문입니다 꼬리가 달린 짐승의 손에 이끌려 거리를 추억하는 일 서로에게 의지를 알려주었고 먼 훗날 어떻게 배신할 것인가…… 침묵하다 삐져나온 샌드위치 양상추를 씹었죠

초파리떼를 쫓고 무른 과일을 베어먹으며 선생님 또한 제가 만들려고 하는 것이 무엇인지 궁금해하셨으면 합니다 굳이 이름을 붙이자면 불행한 도구나 불행의 도구라고 부르셔도 좋습니다

완벽에 대한 것들이 인간을 어둡게 만들지 않던가요
의지를 잃어버린 인간들이 모여 글을 쓰고 운동이라는 것을 하고 모임을 갖고 허리 싸움을 지켜보며

─ 선생님, 선생님을 보면 여자들이 뒷걸음질을 치고 아이들
은 울음을 터뜨린다 들었습니다 그것이 어쩌면 제 몸에서
나는 냄새와 연결된 것은 아닐까 이렇듯 팽팽하게 저를 잡
아당기는 노이로제와 무관하게 제가 선생님을 갈망하는 이
유를 아십니까 새벽이 오면 창문을 열어놓고 조금 더 하지
만 이제 그만을 외치고 다시 침대에 앉는 당신을
  물러설 생각이 없는 그것을 침을 묻혀 닦고 침을 묻혀 닦
지만 언제나 다음 물음 다음 물음
  제게도 언젠가 이러한 질문들에 침몰하는 것이 두려운 적
이 있었지요
  두려움 다음의…… 그을음과 연기로 찌그러지던 양철통
의 시절이

  그러나 그것을 막힐 수 없게 하는 힘은
  제 등과 등받이에서 뿜어져나오는 듯하고
  혹은 제가 기대었던 단단한 등에서 나오는 것은 아닐까
하고
  이별하기 오래 걸렸습니다 저는 애처롭게도 아직 그곳에
서 빠져나오지 못했습니다
  그러나 매번 만나는 자들에게 그곳을 탈출한 척 꾸며내야
하는 연극은 이번 생에 제겐 퍽 슬픈 것입니다
  이별이 아파지지 않을 때까지 당신과 내가 눈치채지 않을
때까지 버티어냈습니다 로비스트의 안녕을

─

060

선생님은 더는 기대할 것이 없으면 너의 등받이를 당장 갖다버려라, 라고 하셨습니다만 불꽃을 쏘면 불꽃을 쏘기 전보다 더 슬퍼진다 슬픔을 더 더럽힐 것이 남았다면 저를 향해 뒷걸음질치는 여자와 어린아이들일 것입니다 다음에는 소아병적 증상에 대해 말씀해주십시오

날뛰던 말들이 울면 하늘이 두 개로 보입니다

선생님 아틀리에에서 자라는 아웨나무로 새들이 익은 허파를 가져오리라 믿고 있습니까 어설픈 설교로 아웨를 농간할 생각이 어디 있겠습니까 그것이 악마와의 힘겨루기로 만든 의지가 아니었던가요 제 말들의 눈에 흰 이끼가 서럽니다 선생님 아웨는 원하는 대로 살아요 아무도 못 건드려요 이까짓 소아병자 같은 건 저야말로 국가가 버린 몸 아닙니까 생말로Saint-Malo 모래밭 젖어가는 오크나무들과 더불어 밤바다 안부를 전합니다

4부

함께한 여름의 사진을

사랑의 알브트라움Albtraum

　그때는 올가미에 걸린 고양이처럼 발버둥쳤지 목덜미 털
이 뽑혀나가고 눈알도 내장도 튀어나올 때쯤 이제 누가 좀
재워줬으면 찢어발겨진 곰 인형의 삐져나온 솜뭉치 그 꿈속
에서 당신 발을 만지며 흰 깃털이 휘날리는 꿈속에서 나는
오로지 발버둥치지 않았지 꿈속의 침대는 잘 골랐구나 나
를 죽일 올가미도 고양이도 내가 만든 고통의 무대, 피도 닦
고 천장에 튄 내장도 닦아내고 이제 배우들아 보내줄 수 있
을 때 가라 급료를 쥐고 정신없이 도망치는 배우들 자기 급
료를 내놓고 깨진 조명을 올려다보며 울고 있는 스태프에
게 그것을 간직하는 방식을 알려줄 때가 된 것 같다 올가미
에 걸린 고양이는 죽지 않았어 하수구에 비가 철철 넘치는
밤, 무지개 나무로 달려가 천국에서 살도록 내버려두었지*

* 프랑시스 퐁주, 『테이블』, 허정아 옮김, 책세상, 2015.

여름의 화음

화음 때문에 여름이 길어진다
바다에 폭우가 내리던 날
L은 혼자 젖지 않는 땅을 밟는다
폐기물 통에 버려진 탯줄들이 썩어 문드러지는 것을 지
켜본다
옥상 물탱크 청소가 L의 일이다
물탱크 주변에 피어 있는 로벨리아
로벨리아를 발견한 L은 빈 물탱크에 들어가 노래를 부른다

살이 떨려오는 화음
나는 낯선 남자의 이메일을 받고
그를 만나러 간다
그는 고교생 때 나를 길러주고 길에서도 본 적이 있다고
했다
퇴원한 지 얼마 안 되어 그를 기억할 수 없다고
답신했다
나는 포기하게 될 것이다
L은 로벨리아가 인디언 담배라고도 불린다는 것을 일러
준다
나는 로벨리아가 카르텔이라고 불려도 상관없다
그날 밤 악명 높은 멕시코 카르텔에게 붙잡혀 산 채로 머
리가 잘리는 꿈을 꾼다
그리고 머리는 그의 물탱크에 버려진다

―　　그의 물탱크에는 너무 많은 것이 한꺼번에 살고 있다
　　검은 물 속에 뿌리를 내린 로벨리아, 깨진 유리병, 썩지
않고 부유하는 탯줄, 죽음에 관한 약속, 여러 명의 여자들
　　마음에 들거나 마음에 들지 않았던
　　내 머리통은 그것을 병적으로 들여다본다

　　너는 더러워 나는 남자에게서 온 답신을 지운다
　　로벨리아 뿌리가 머리통을 감쌌다 그것을 그와 만나는 곳
에 데려갈 수 없다

―

거미숲

따라오는 길 사색하지 않는 숲 잎사귀는 흔들리지 않고 사이사이 빛은 통과하지 않고 아스피린 졸피뎀이 깨진 조약돌처럼 흩어져 있고 알약을 따라가면 쓰러진 약통 쓰러진 한 사람이 보이고 그를 일으키면 거대한 통나무집이 순식간에 세워지고 나는 문을 열고 들어가 커다란 솥에 담긴 수프를 젓는다 널려 있는 재료들은 소라의 가느다란 손목, 정강이뼈 꿈인데 목소리가 나오지 않는다

소라는 열다섯 열아홉을 수배자처럼 살았다고 했다 작은 바 종업원이 될 때까지 나는 머릿속을 날아다니는 흰 박쥐떼 때문에 여행자가 되었다고 말하자 소라는 다가와 속삭였다 오늘밤은 어디에 머무니? 믿겨져? 난 지금 네 꿈속이야 방금까지 내가 수프를 젓고 있었는데 통나무집 주위엔 패랭이 히아신스가 피어 있고 꽃밭의 팻말 지금 영혼으로는 그것을 읽을 수 없고 통나무집에서 끓고 있는 수프 냄새, 소라가 수배자로 사는 동안 그녀 영혼으로 끓인 것이란 걸 알게 된다

눈물은 흘릴 수 있지만 의미 같은 건 알고 싶지 않아 눈보라 치는 계절 욕실 문 뒤에서 죽어갔는데 소라야 믿겨져? 꿈에서 널 본 후 날마다 커다란 파도가 몸을 덮치는데
거미줄처럼 가늘고 불면 날아가는 관계 고작 그런 것 속에 불면 날아갈 듯 외로웠던 네 마음이 내게 온 거라고

— 부탁도 명령도 들어줄게 꽃 알레르기가 멈출 때까지 약을
먹고 너의 꿈속에서 살인을 멈추지 않으며 너의 스물셋 봄
이 보여줄 마술을 기다려

　하지만 겨울의 눈은 녹지 않고 너는 불면 날아갈 듯 야위
었고 복수할 그림자들을 끌고 와도 칼을 쥐지 않았다
　식어가는 수프를 뜨다 말고 중얼거렸지 옷장에 갇혀 우는
일 어떤 건지 모르지 벽이 하늘이 되고 하늘이 두 개로 쪼개
지고 침실 음역대가 바뀌는 풍경을

　여름하늘, 폭격기, 찢기는 구름
　소라를 새 침대에 누인 후 더이상 그 숲은 꿈에 나오지 않
았고 다만 바닥에 떨어진 수프 방울들을 계속 닦는 꿈만이
이어졌다

—

모국의 밤

흔들리지 않는 꿈 그것은 언제나 나를 흔들던 여름
깊어지는 것이 아니라 길어지는 상처도 있다는 것을 알
려준
뱀처럼 웃는 사람⋯⋯
그는 담임이었던 사람
그의 전생을 떠올리게 된 것은 그 미소 때문에
마을에 붙어 있는 유괴 주의 포스터
약물 방지 간판
주민의 절반은 노인과 외국인 생활 수급자
생활 수급일엔 파친코 가게에 대기 행렬
쓰레기 버리는 날은 외국인과 누군가가 싸우고
항상 누군가 울고 화내는 소리가 들려오는 밤*
거리는 축구 중계를 보려는 외국인들로 붐볐고
낮에는 교사나 뉴스 진행을 하다
밤이면 길거리 백인 남자들에게 말을 거는 누나들
진한 화장품 냄새로 범벅이 된 미래를 생각했죠

여행자들의 신발을 닦다 훔쳐 달아나야 하는
이 거리에서 고라니처럼 살아남은 나를 생각했습니다
함께 거리에 남은 가족과 친구들
그들에게 받아온 작은 애정⋯⋯ 버려진 과일과 빵으로 배
를 채우며
몸에 남은 크고 작은 멍자국 그 은혜를 허물처럼 벗으며

제때 졸업하지 못했고 내게 있다면 누구에게도 배운 적 없
는 괴로운 정의감
　학교 창밖으로 벚꽃이 우수수 떨어지던 날
　담임이었던 그에게 대걸레가 부러질 때까지 몹시 두들겨
맞은 그날을 기억에 새긴 후
　게스트하우스 스태프로 일하면서도 이따금 떠오르는 당
신 이미지는 멈추지 않았고
　중국인 손님들이 더럽힌 이불을 막대기로 털면서도
　국경을 넘고 훔친 여권으로 다음 여정을 준비하는 순간
에도
　둥지를 틀고 뱀처럼 웃던 당신의 미소 그것이 나의 시간
을 파헤치고 있었죠

　찢어진 허벅지를 드레싱해주는 해방 교회 의사에게 저도
모르게
　네가 부 활동 교사지? 그의 멱살을 흔들었고
　전생이란 되풀이되는 동안 죗값을 치르는 것이기에
　나는 저번 생에 나라의 큰돈을 들고 달아난 사기꾼이었고
　다음 생은 길거리 여자로 살아야 한다고
　당신은 진행자였고 교사였으며 몇천 년을 산 뱀이었습니다
　누군가의 모범이거나 누군가의 몸을 뺏으며
　황량한 땅에 떨어진 몇 개의 핏자국

살아 있다는 감정, 몇몇은 그 유희를 갖지도 못하지
그러나 얼마 동안 질료가 되었다
너는 또 빨래를 널고 있구나 이번 생에도 저번 생에도
말라가는 빨래를 바라보며 살아 잊고 있구나
흰색에도 종류가 많지 버리거나 남겨둔 인간들처럼

게스트하우스 주인 이마에 난 길고 긴 상처를 바라봅니다
돌아온 중국인 손님들은 이불이 더럽다고 광둥어로 난동
을 부렸고
나는 아직 마르지 않은 이불 사이로 들어가
이국의 옥상
한밤중 트럭에 치인 고라니처럼
피투성이로 꿈틀거린 꿈 같은 건 그립지 않고
야트막한 애정, 그것은 음식냄새 밴 손금에 지나지 않아서
어제는 누나들의 플로럴향과 동생들이 벗어준 옷가지를
엘리자베스 여왕 얼굴이 박힌 찌그러진 코인과 교환했고
불 꺼진 거리, 마지막 당신의 외형을 기억해내고 있습니다

* 시루카 바카우돈, 『君に愛されて痛かった』.

비 오는 동유럽, 신체의 방

침대에 더러운 천이 늘어져 있다 그것을 밟고 간 다섯, 여섯 발자국
밤의 반점을 향해 짖는 짐승들
예술가 의자에 쌓인 머리카락
어둠에 시든 과일
그것을 집었다 닫히는…… 중독자의 마음

여름에는 썩은 시체 밤새 Zee Avi 노래를 들으며 재능에 의심당하고 사랑의 기재로 버려졌으며 굴러다니는 자바라 물통과 화병을 마지막으로 여름의 썩은 시체가 되어 발견되자 살아서 기어올라온다는 느낌이 들면 모든 것들이 살아 기어올라온다 (하나의 재, 그것이 커질 때) 왜냐면 이제 내겐 그 그림자조차 없기 때문이다

블랙 파라다이스 로리

강에 그와 그녀들의 신발을 버린 후
거실에 걸린 유화 속 새가 말을 걸기 시작했다

가슴에 검은 숲이 자란다
가슴을 뚫고 검은 나무들이
긁으면 슬픈 소리가 났어
너를 발견한 건 나였지
하지만 괜찮아 우리 이제 과자 사러 가자
그림을 찢고 로리 앵무새는 처음에 무엇을 했을까
자신의 첫번째 기억을 찾아가 아가씨처럼 말하고 때론 영
감처럼 답했지
나는 어린 새처럼 당신을 따르고 사랑했어요
눈을 뜨고 맞았어요
지울 수 없는 상처와 대답
외로운 아이야 언제부터 부엌 구석에서 잠들었니

꿈의 짧은 여행
노르망디 해변의 머피 베드
카바나 흰 차양이 휘날리고
나와 함께해줘요 꿈과 환상 속에
해가 지는 매일 밤 난 꿈속에서 당신을 기다려요
난 친구도 돌아갈 집도 없어요*

— 　부서진 날짜, 굳어가는 우유, 굵고 짧은 밧줄, 동그란 나무 탁자
　그 위로 흐르는 포크송 해가 지는 밤
　난 도저히 당신을 기다릴 수 없네
　매일 밤 꿈속에서 난도질을 당하고 돌아갈 집도 친구들도 없는데
　당신을 기다리는 영혼은 무모했고
　때론 썩은 고기가 되어 돌아와 갑자기 기억이 즐겁다고 했다
　날짜가 지나지 않은 우유, 뒤집어진 의자, 끊어진 밧줄, 엽서의 핏자국, 굴러다니는 검은 자두들, 돌아오는 기억

　제 꽃들은 다 죽었나요 불 꺼진 상점에서 달콤한 과자를 집을 수 없고 다시 거실로 돌아가 로리 앵무새의 다문 부리를 바라봐야지

　대부분 우리에게 무자비했지 자비를 바랐을 뿐인데 갑자기 튀어나오는 증오 같은 게 아니라
　로리 앵무새가 재잘거린다
　부엌에 흘린 과자를 치우면 어디에 갈까
　노르망디
　노르망디
　차갑고 맑은 호수, 작은 물고기들이 이리저리 도망다녔어
—

* 영화 〈콜걸〉(2007).

올리브나무 랑랑 I

나는 산기슭 뜨거운 용광로에서 발견되었다 검은 재가
묻은 얼굴들이 다가와 죽었어? 살았어? 서로의 얼굴을 빤
히 보던 그때까지만 해도 나는 유일했다 나의 엄마나 보모
가 될 여자가 시야에 가득 들어왔다 레몬나무 향이 퍼지며

랑랑
네 이름은 랑랑

피아노 연주곡 같은 이름 아니 이런 피아니스트가 있지 그
는 중국 사람 하지만 너는 유럽인 아니 국적을 갖지 못한 자
우리는 윗집 쥐스탱* 아저씨처럼 바보가 될지도 몰라 나
무 몸통에 칼 던지기 훈련을 반복하고 산책 대신 토끼뜀을
하고 매일 집 앞을 쓸고 닦고…… 그런 쥐스탱 아저씨를 보
며 젖소를 기르는 쥐스탱 아저씨의 엄마는 눈물을 훔치지
불쌍한 내 아기 그들이 그렇게 만든 거야 그 국가라는 개자
식들! 그들 삶 어디서도 행복의 그림자를 찾을 수 없고 조
난당한 선원들처럼 내리쬐는 태양을 온몸으로 견뎌야 하지
봤지? 신부님 방에서 내가 나오는 걸 봤구나 랑랑 화낼
필요 없어 그분은 나에게 기대를 걸고 계셔 그분은 내게 준
던 시를 읽어주고 주물 난로에 몸을 녹이는 것도 허락해줬
어 그 먼지투성이 난로에 기대어 내 스커트를 내리곤 이 방
에서 갖고 싶은 것을 가지라고 하셨지 신부님 방에 열다섯
번째 노크를 하고 나면 나는 너의 연인이 되어 있을 거야

* 귀스타브 플로베르, 『마담 보바리』, 김남주 옮김, 문학동네, 2021.

올리브나무 랑랑 II

랑랑
내 이름은 랑랑
혼자 사랑을 하는 사람아
나는 혼자 슬픈 사랑을 하는 사람

그후 제3세계 사람들과 조립 공장에서 일을 했지 고급 독일어를 구사할 수 있는 건 나뿐이었지만 그들은 오히려 나를 놀리곤 했다 자전거를 타고 포플러나무가 늘어선 들판을 가로지르던 아침, 젊을 때 실수로 맡아버린 나를 귀찮게 여겼던 세번째 양부모와 꽤 오랜 시간을 보냈다

내겐 세번째 삶이 제일 길었던 편이다 오래된 상자에서 발견된 거울처럼 어떤 날은 알코올릭으로 보이는 늙은 남자나 여자가 찾아와서 문을 두드리고 옥박을 지르곤 했다 아마 나를 버리고 실성한 전 부모들이겠지 어떤가 열다섯번째 노크의 밤이 지나기도 전에 그녀와의 연락은 끊어져버렸고 신부와 다른 고장으로 도주하듯 떠났다는 소식을 들었지 나는 언덕에 올라가 그녀의 묘지를 꽃과 구더기로 장식하였다

이봐, 넝마를 뒤집어쓴 인간
너무 많은 꿈을 꾸면 가축처럼 조용해진다네
가방에는 나이프와 탄알, 기름병, 작은 권총
사랑이란 발밑에 쏟아놓은 소금이나 검은깨처럼

하나만 염두에 둘 수 없는 거겠지
마부의 노랫소리 쥐똥나무와 포플러나무를 지나
당신도 과일바구니 안에 편지와 나이프, 권총을 넣고
밀회를 후회하는 연인을 쫓고 있는가
나의 올리브나무여, 마부가 부르는 나의 노래여
마부의 노래가 랑랑 내 검은 눈동자
그 강바닥에 있던 모든 것들을 떠오르게 하네
무모하고 불행했던 일생, 상처 입은 제비처럼 흙탕 속에
처박힌 숱한 꿈들이!*

* 귀스타브 플로베르, 같은 책.

로스트 밸런타인*

여기 비가 오고 있어
벌써 사흘째
썩은 코코넛 냄새와 시체 냄새가 코를 찔러
담배를 피우며 시간을 죽이고 있다
천막 아래 햇볕에 그을린 얼굴들
당신 같은 아리따운 처녀가 곁에 있대도 이런 한심한 표
정을 지을까
엘레나 당신은 무얼 하고 있을까
정원에 물을 주고 낮은 울타리 너머 무엇을 바라보며
그토록 오래 기다릴 수 있을까
이 편지가 도착하지 않는다면-
당신은 상상할 수 없는 곳에서 나는 당신을 상상해
천장이 날아간 간이침대에서
커튼으로 알몸을 가린 당신이 나를 부르지
나긋나긋하지만 질투에 사로잡힌 감시관이 되어 내 꿈을
걷어차고
생블루베리 같은 차가운 목소리로
'지워진 기억 뒤로 당신은 완성된다……'
벌레들이 갉아먹다 만 내 목을 핥기 시작하네 그리고
먼 곳으로부터의- 폭격
내장이 튀어나온 시체 주머니를 뒤져 초코바를 찾아냈지
지붕이 주저앉은 집 문 틈새로 불길이 일고 있어
나는 완전히 다친 것은 아니야

더위와 신음 속에 산 사람 얼굴을 하고 있지만
내 구둣발에 찌그러진 벌레들이 당신을 향해 거수경례하네
벌레들의 작은 입이 저마다 썩은 살점을 물고 있고
나는 태양 아래 썩어가는 허벅지를 칼끝으로 도려내지
당신이 눈물 흘리며 아파해줄까
그 다정한 노래가 끊이질 않는 정원에서
미스트기가 사방으로 뿜어내는 물방울
오로라 빛
오로라 빛 가운데 서서 아아, 어서
분에 넘치는 사랑을 노래하고 싶다
나뭇가지에 앉아 새대가리 얼굴을 하고
쩍쩍쩍 닥치는 대로 울어버리고 싶다
끔찍한 노래가 멈추질 않는 정원에서 하지만
당신 피눈물이 나의 나쁜 꿈을 대신 흘려주네
육십구 일째
수첩을 씹으면 초코바 맛이 나고
비에도 총성에도 죽지 않는 친구들이 나무 궤짝으로 떠
다니지

* 영화 〈The Lost Valentine〉(2011).

천엽벚꽃

맛있는 저녁 냄새가 흘러나오는 대문
어떤 그림자가 기웃거린다
초여름, 꺼진 소파에 엎드려
HBO 드라마를 보다
가족 누군가 좀비가 되어 방문을 열고 나와도
놀라울 리 없는 집을 잠시 나온 개

나는 이제 살길을 행복하게 갈구할 거야
역경이 오면 그땐 다시 떠돌이 개처럼 뜨거운 침을 흘리
며 잠깐 경련하겠지만
그전까지 나는 모든 행복한 시간을 통틀어
그것을 전부 가지고 있는 여름이 되어 있을 테니

공원에서 터진 입안을 헹구고
어두웠다 천천히 빛으로 가득해지는 장면처럼
초여름, 얼굴이 상처투성이인 네가 평온하게 돌계단 아
래에 기댄다

팔월 모래 무덤

우리는 팔월의 여름이 끝나기 전에 해변으로 갔어요
해변의 태양 아래
우주선 모양 알약을 삼킨 웃통 벗은 남자들이 춤을 췄고
모노키니 차림의 여자들은 허벅지에 뜨거운 모래알을 붙
인 채
차가운 샴페인을 기다렸죠
멀리 제트 보트에 하얗게 갈라지는 바다
야자수가 심어진 펍에 조명이 켜지고
땀으로 마스카라가 번진 i가 비틀거리며 접시를 치우죠
한 손으론 반쯤 남은 샴페인 잔을 홀짝이며

희고 넓은 백사장 웨이트리스를 하기 전
i는 핸섬 가이를 만났답니다 그와 어지러운 도시를 떠나
돼지와 소를 기르고 젖을 짜는 꿈을 품안에서 속삭였지요
어느 날부터인가 그는 자신의 직업도 가족도 궁금해하
지 않는
그녀를 의심하기 시작했고
대화가 통하지 않은 날은 따귀를 때렸어요
나는 당신 나라 말을 전부 이해하지 못해요
그것은 그에게 당신을 이해하지 못한다는 말로 들렸고
i에겐 사실 가족도 친구도 돌아갈 집도 있었지만
아무것도 들려주지 않는 편이 나았죠

옷통을 벗은 손님들의 장난으로
i의 몸이 모래사장에 완전히 파묻혔어요
팔월의 태양은 뜨겁고
파란 하늘
춥고 서늘한 모래 무덤 안

i를 만나기 전, 그는 자신을 떠난 그녀처럼 사람을 믿지
않았죠
이리 와 나의 굶주린 천사 날 미워한다는 걸 알고 있지만
i 나라의 언어로
i의 뺨을 감싸고 말했죠
그러나 정오의 일거리를 놓친 날은 사소한 일에도
집안 물건들이 부서졌고 그녀 날개도 피투성이가 되었죠
그녀가 몇 번 실신하는 동안 경찰들이 찾아왔고
끌려가는 그의 손에 아름다운 머리칼이 한 움큼 쥐어져
있었어요

팔월 그를 떠나 i는 여러 번 기차역에서 밤을 지새웠죠
육지로 밀려오는 바닷바람
누군가 태우다 만, 재만 남은 장작 사이로 새어나오는 빛
나를 그로부터 흘러나온 무언가라 생각한 밤도 있었지만
그 무서운 이야기로부터 멀리 벗어났고
해변에 도착했죠 뜯겨나간 갈색 머리는 반듯하게 자랐고

누군가 나를 부르면 그곳이 방이 되는, 여름이 전부였어요 ⎯
여기 사람을 구하는 게 맞나요 잠도 재워주나요 당신은 줄
무늬 같은 것이었어요

5부

프런트front

물에 비친 얼굴

여름뿐인 영화
해안을 따라 달리는 파란색 덤프트럭
갈고리 모양의 상처
태양이 지지 않는 백사장
달려오는 땀에 젖은 사내
얼굴이 땀으로 범벅이 된 청년의 미소

회색 티셔츠가 진회색이 될 때까지 뛰어온 청년은 다치지
않았냐고 묻는다 내가 너에게 보여준 것은 약간의 빛 보풀
이 인 클로버 팔찌 숨이 쉬어지지 않는 날들 아니 너무 긴 회
색의 어둠 어느 날 너는 손전등처럼 축축한 그 안을 구석구
석 비췄는데 마음이 커져가도 끝나도 너에게 보여줄 수 없
는 것들 나는 너에게 미안하다고 말한다 하지만 일을 그만
두고 내 나라로 돌아갈 자신이 없어

싱크대뿐인 부엌에 서서 말한다
네가 나의 나라니까 돌아가지 않아도 괜찮아
우리가 같은 방에 들어가면 그날부터 여름이야
사진을 남기자고 말한다
신에게 더는 되묻지 않는 질문들이 우기로 왔다 가고
내리쬐는 빛 아래
젖은 빨래 뭉치를 안고 찍은 그해 사진을

빨래가 타는 장면

불에 덴 내 손가락을 너는 입에 갖다댄다

누군가 문을 두들긴다

손님이 왔나봐 가만히 있어봐 너는 붉어진 손가락을 입에 물고

한 팔로 불을 끈다

빨래가 넘치고 누군가 문을 두들기고 문고리 잠금장치가 느슨해서 틈으로 내부가 보일 것 같다 내부가 흔들린다 우리가 키스하는 장면에서

모티바송motivation*

  파리의 겨울은 늘 세번째 전생 같다 결혼식에서 좋은 사
람들을 만났어 류에게 프러포즈를 받았어 결혼식 사진이 나
왔는데 누구도 날 찾지 못해 프랑스에 머문 친구들은 그런
말을 자주 했어 갔다 오면 정신병자가 되거나 우울증을 앓
게 된대 가보지 않고 앓는 병은 어떤 걸까

  하녀 방이라 불리는 곳에 살았어 옥탑으로 민트색 바람이
불지 처음엔 소공녀 다락방을 떠올렸어 파리에 동화 같은
건 없는데 거기선 늘 바닷물에 발이 젖는 꿈에 빠져 방 모서
리를 타고 들려오던 목소리
  창이 그리워 생트샤펠성당에 갔어 천장의 스테인드글라
스, 장미창 굴절된 빛들이 창을 통과하고 갑자기 유리들이
와장창 머리 위로 쏟아진대도, 나는 피하지 않을 것이다 어
둡고 아름다운 것들을 믿어왔던 일을 그것이 쏟아지는 것을
복원가들은 왜 천사의 한쪽 팔을 방에 숨겨두었을까

  하녀 방은 버려진 축사 같아 종종 창을 바라보며 열기구
로 탈출하는 건 어떨까 신문을 보고 서독의 부를 부러워한
동독 사람들처럼
  학교에서는 이집트, 터키 애들 틈에서 발표란 걸 했지
  담쟁이넝쿨로 뒤덮인 카페에서 맥주와 라자냐를 떠먹는
날들
  하루는 흑인 남자가 다가와 남은 라자냐를 줄 수 있냐고

물었고

　식당 주인은 그를 쫓아냈지

　발밑을 걸어다니는 비둘기떼

　정오의 눈부신 도시

　식사가 끝날 때까지 그는 서 있었고 방학에 남부에 놀러
가서도 친구 같은 건 사귀지 말자고 결심했지 아니 북부든
남부든 친구란 것을 가진다면

　오늘은 소도시 예술대학에 모티바숑을 제출하고 유화를
샀어 눈 코 입이 피와 선으로 흘러내리는 초상화 온통 흐르
는 피로 가득한 코튼 모스 모스 류, 우리 중 하나가 멈출 수
있을 것 같아? 더이상 이 거리는 자비를 보여주지 않을 테
지 내가 죽으면 가난한 새 주인이 올 테고, 떠나는 유학생에
게서 산 침대가 놓이고 그 아래 고양이들은 혼자가 되겠지

* 불어로 자기소개서.

수분

개는 이제 없는데 개가 물 먹는 소리가 난다
이십대가 기억나지 않는데 앞에 앉아 있는 사람에게 이
야기해야 한다
분수가 있는 광장, 달려가면 얼굴로 빛이 쏟아진다
몸으로 들어온 빛이 흰 나무로 뻗어나가는 동안
몸이 수천 개로 갈라지는 상상을 한다
멀고 긴 여행, 줄지 않는 바트
얼음을 띄운 욕조 검게 탄 팔다리가 욕조 밖으로 늘어진다
부서진 벽, 벽 틈에서 들려오는 시곗바늘 소리
부서진 어금니 조각이 떨어져 있고
침대에 묻은 핏자국 상처가 날 빨아들인다
사춘기 시절 꿈, 그 꿈을 다시 꾼 뒤
환풍기가 돌아가고 머릿속 흰 박쥐떼가 빨려들어간다
어둠 속 분쇄, 날개가 머리가 흩어진다
손가락을 넣고 싶다 젖은 핏자국이 그것을 빨아들이고 있
었다
부두를 지나 보석 상점을 지나 주위는 어둡고 젖어 있다
주머니 속 바트를 꺼내 냄새를 맡는다
습도를 견디면 다음 생은 인간이 아닌 것으로 널 찾아갈
수 있을까
호스텔 일층 빈티지 숍
대서양에서 배와 트럭에 실려온 백팩으로 로비가 가득찬다
로비 이층 창으로 바람이 분다

혼숙을 하며 건기를 기다린다
열린 창으로 세탁기 돌아가는 소리가 들리고
티셔츠를 벗는데 브래지어가 벗겨진다 오스트리아인 남
자가 그것을 지켜본다

옆자리 약혼자 키나

베드로성당 기둥에 발을 딛고 있는 천사들
세상에서 가장 작은 나라의 사람들을 만나기 위해선
입장료를 내고 입국 심사대를 거쳐야 하는데
인파 속 키나의 약혼자는 사라지고
키나는 하늘을 날기엔 너무 작은 날개들을 바라보고 있다
교황 방 치장을 위해 젊은 날을 석회 벽에 그려넣은 궁
중 화가
그가 매일 붓을 쥐고 올려봤을 천장의 암흑

그가 그렸던 마리아상은 전부 사랑하던 여자의 얼굴이었대
그녀 이름은 마르게리타 루티
나폴리 항구 레스토랑 키나는 웃음을 터뜨리며
마르게리타 조각을 집는다 버팔로 치즈 우유 비린내
키나의 약혼자는 약간 굳은 얼굴로 에스프레소 잔 가라앉
은 크레마를 젓는다
이탈리아 남자들은 나를 보며 윙크하는데 손등에 입맞춰
주는데

여름에도 가을에도
나폴리에선 아직 마피아들이 밥을 먹고 술을 팔고
키나는 그들을 피해 피자집에 줄을 섰지만
호텔방으로 돌아와 그들에게 피자 박스처럼 팔려가는 꿈
을 꾸기도 한다

8월의 차가운 카푸치노, 다른 연인, 망각의 다른 얼굴
창문이 열릴 때마다 수음하는 옥상의 로마인 그것을 기
다리는 키나

해변과 카페테라스에서 바닷바람에 타들어가는 담배
그때마다 키나는 고국에서의 절망을
암흑 속에서 하얗게 빛나는 이빨을 생각한다
멀리 지중해 절벽에 둘러싸인 해변
검은 모래 검은 자갈들
바닷물이 밀려올 때마다
망각에 필요한 건 연습이 아니라 메이크업을 끝낸 얼굴
이나
휘파람을 불며 걱정해주고 사랑해주는 사람들일지 몰라
잊지 못한 것들이 무엇으로 되돌아오는 것은 아니야
키나 너는 내게서 자유로워져 누구와 놀든 누구와 집에
가든
로컬 버스를 타고 절벽과 언덕을 수없이 왕복하고
새벽이면 키나는 홀로 눈이 떠졌다

돈 포토
사일런스
우리는 세속에서 죽었다
베드로성당 천장으로 울려퍼지는 낮고 무거운 목소리

— 　로만 칼라 검은 신부복을 입은 검은 피부의 사제들이
　천장을 올려다보는 키나 곁으로 다가온다

　내일은 북부로 가는 기차를 타 선반 위에 누군가 짐 싣는
걸 도와줄 거야 그에게 기대야지 잠든 그의 낮고 무거운 악
몽 속으로 들어가는 내 옆자리 누군가의 약혼녀 키나

심연의 아침

심연에서 떠오른 날이었습니다
나는 내 힘으로 떠올라
다른 이의 힘을 더해 육지에 이를 수 있었습니다
모래사장에 모인 이들의 표정은 어떻습니까
이것을 또 어떤 이야기로 꾸미고 버무리고……
갑자기 숨이 쉬어지지 않는다
터무니없는 바람일까요 대접을 받으며 살던 지난날을 기
억해내는 일이

끔찍했던 일들이 커다란 솥뚜껑에 덮일 즈음
이곳 풍경과 학습에 익숙해져갔지요 그러나
부두에서 쉼없이 재잘거리며
끝을, 끝장을 내자고 말하던 그녀는 어디로 갔습니까
해초나 조개껍데기가 붙어 있을 그녀의 매끄러운 알몸은요
그러나 이제 당신은 돌이켜서는 안 되는 일이 되어버렸고
그녀 또한 심연에 가라앉은 나를 찾기보다
하늘을 떠도는 갈매기를 좇는 것에 재미를 붙였겠죠

과거의 필명과 주소 동행했던 자를
편지에 써내려갔습니다
……기다림에 속아 좋아하던 겨울이 다 갔다
지금까지 받은 교습의 내용은 다 잊어버렸고
나는 결코 멍청이가 아니다!

결코 열정을 잃어서가 아니란 사실
목구멍 깊숙이 숨은 나를 찾지 못한 것뿐이다
베네치아에서 온 화가가 그려준 초상화를 찢고
호수에 버려둔 내 얼굴을 찾으러 갔지만
더이상 바다나 호수의 문제는 아니었습니다

어느 밤, 비밀로 묻어두었던 그림자가 책으로 돌아오고
잃어버린 꿈을 찾기 위해 심연에서 기어오르고 기어오르는
영원히 함정에 빠질 수밖에 없는 술래잡기*
며칠간의 질문을 마치고 떨어질 금빛 열매들
그 어딘가에 기다리는 내가 있을 것이다
금방이라도 말라비틀어질 것 같은 팔다리로
그러나 터무니없이 훌륭하게 느껴질지 모르는 배와 허벅
지 근육으로
떨어질 것을 각오하고 우스꽝스럽게 짚고 올라갈
벽, 벽만이 남았을 것이다
어디에선가 초조하게 나를 다그치기 위해 기다리며
땅바닥에 흩어졌을 꽃과 검은 홀씨의 질문들이

* 오르한 파묵, 『하얀 성』, 이난아 옮김, 민음사, 2011.

흔들리는 의자에 앞치마를 걸어두면 푸대의 장미들이 하늘을 물들이지

각자의 시간에는 창문이 있어
나는 할머니가 죽을까봐 늘 의자를 밟고 서 있었어
남자들에게 토막 날 때마다 냄새나는 할머니 앞치마에 숨어
누르면 떠오르고
누우면 떠오르는
수압에 대해 생각했지

할머니랑 친했어? 가슴이 커서 다른 가족의 놀림을 받기도 했지만 나이가 들면서 할머니의 브래지어가 내게도 맞길 바랐지 새나 망자가 끌고 가지 못하도록 운명이 있다면 그 머리통 위에 폭탄을 떨어뜨려야지 사실 웃을 수 없어 그러나 다시 만나게 된다면

나는 테이블을 내리쳤다 열흘 그보다 더 길게 폭음을 멈출 수 없었는데
날마다 새들을 쫓았고
죽은 새들을 묻어주는 동안 아무도 날 돕지 않았다
돕지 못했다

다락과 창고의 나를 두려움으로부터 이해시키던 유일한 사람

다락과 창고에서 나는 두렵지 않았다 그곳에서 그녀가 주

― 는 맛있는 것을 아주 많이 먹었다

  그녀와 이번 생에 끊어진 바이올린 현처럼 떨어져 있는
동안
  나는 어떤 상처로 끝나는 것일까
  남은 인간들과의 대화
  엉키고 엉켜서

  마당에는 아직 그녀가 돌보던 식물들이 크고 있었다
  작은 정원에 삽과 영양제 따위가 뒹굴었다
  장롱과 서랍을 뒤지던 자식들처럼
  그녀의 창문에 걸린 시간이란
  창고에 널린 전처럼 눅눅해져가는 것이었는데
  푸대에 담긴 장미들이 한숨으로 지는 것을 보았다
  다락과 창고 나는 아직
  아직 당신의 창은 환했는데

  일흔여덟 개의 선율이 당신이 살던 바다와 마을을 지나

  열매라는 사랑스러운 이름의 여자로 태어나
  남프랑스 해변에서 아침마다 수영을 하거나
  축제 연주에 맞춰 커다란 가슴을 흔들며 춤추는 삶이 당
신을 기다리길
―

국을 푸다 손을 데는 일도
도박에 빠진 남편을 섬 끝까지 쫓아가는 일도 없겠지
판이 있다면 다른 세계의 판에서 그녀의 일들이 무궁무
진했으면
상처보다 하늘을 자신이 길러온 장미들로 온통 유일하게
물들이는 일들이었으면

요정극

우리는 더 높은 계단을 올라야 하니
저들을 떠난 것으론 충분치 않다
내 말을 알아들었다면 용기를 내라
                              ─단테, 『신곡─지옥편』, 24곡

그리하여 힘을 내어 올라갔는데
클라우드 나인
구름 아래로 내려온
사다리에 매달려
바이올렛과 흰 빛으로 발광하는 여가수가 목이 멘 채로
독백을 시작한다

*그때 지상에 내 슬픔이 무엇인지 아는 것이 단 하나라도
있었다면 나는 지상을 떠나지 않아도 되었을 텐데*

장내를 채우는 구슬픈 피리 소리
관객들이 일어나 요란하게 박수를 치고
깃털 달린 반쪽짜리 가면, 망원경을 떨어뜨리고 자리를
뜨는데
객석 구석에 앉은 요정만이 홀로 어깨를 떨며 눈물을 흘리네

해변 아닌 곳에서

그 삼사일을 떠올리면 빗소리로 만들어져 빗소리에 잠기는 집이 생각나고 서로의 기별을 묻지 않는 우리가 그 안에 있다 누군가의 힘에 떠밀려 그곳에 앉아 있는 것처럼, 화판을 옆구리에 끼고 정신에 관해 지껄이던 시절 정신에 관한 것 그런 것은 도무지 쓸모가 없어서

당신의 마음은 내가 만든 해변을 눈치챌 것이다 아니 해변의 신기루를 거두어 우리를 작은 테이블에 앉힐 것이다 한숨 끝의 포옹 나는 이번 생이 아닌 곳에서 어떤 미술학교에서 당신을 보았으며 날카로운 인상의 선생으로부터 당신의 연락처를 받기 위해 갖은 고생을 했단 것을 토로했다

당신은 축축한 목젖으로 처음에는 깃털, 그다음에는 영혼이 빠져나간 새의 주검에 대해 이야기해주었다(실은 이 모든 것들이 화판이나 정신과 마찬가지로 쓸모가 없었다 내겐 당신뿐이었으므로) 나는 어떤 한량들에게 걸려 밤길에 이가 두 개나 부러진 것까지 이야기하고도 왜 우리를 관두어야 하는지 찾을 수 없었다

비가 오는 방 창살 너머 누군가 커다란 가위로 수염을 자른다 수염이 잘려나가는 소리 당신은 나의 불구덩이 속에서 아무것도 꿈꾸지 않았을까 가령 사랑에 관한 것이 아니라 해도 당신 집 근처 바다로 흐르는 작은 강 나는 검은 날

― 개를 질질 끌고 돌아다녔지 무엇도 읽지 않고 무엇의 고독
일 리 없는, 우리는 마지막 꿈에 오게 되면 전혀 다른 연인
이 되어 있다

―

낙선전 후 테오 군에게

테오, 창밖으로 강이 보이네
나는 이 병원 침실에 얼마나 누워 있던 걸까
창을 손바닥으로 쓸면 모래알들이 만져질 것 같고
그 반짝이는 물빛 때문에 위경련이 시작되지
그럴 때면 억지로 입을 벌려야 해 네 누나가 물에 갠 가
루약을 집어넣거든 가끔 그 하얗고 가는 손이 피로 물들기
도 했지

테오, 누군가 들려주는 이야기를 어디까지 믿어봤나
작년에는 나를 작은 벌처럼 맴돌던 그녀와 왕벚나무 길
구경을 갔지
팔에 매달린 그녀, 그 천진한 웃음과 멍든 자리를 사랑
하니
개암나무들이 꽃 대신 열매를 가질 시기

간신히 몸을 일으킬 힘이 생겼을 때
그녀 닮은 신을 그려 그녀의 방에 걸어주었네
영혼을 뒤흔들고 죽음의 테라스로 몰고 가는 모든 과정
버려진 요람, 그 얼룩을 기억해낸 사람만이
다시 태어나도 사랑하고 싶은 자를 정할 수 있다네
네 누나가 떠준 스웨터를 입고 붓을 드는 날이면
목이 잘려나가는 장면을 상상하지

   아틀리에에 매여 있는 흰 말들 몸에서 김이 올라오네
   자네 눈에는 내가 어떤가 재능이란 바닥이 드러날 때까지
실망 속에 밤안개가 되어가는 일이네 지금은 침대에 누워
혼자 시간을 보낼 그녀, 강 위의 작은 보트처럼…… 그대에
게 머물기를 잘했구나…… 그대 마음에 들길 잘했어

   테오, 보다 젊은 자네가 다리 밑에서 부는 바람을 주워
   그녀 귓불이 붉어질 때까지 불어주겠나
   아틀리에는 나를 돌봐주던 관리인 손에 넘어가겠지
   항구에 그녀가 나와 있다면 이 불편한 답장을 전해줘
   벽난로에서 타고 있는 괘종시계, 석고상, 몇 점의 그림들
   서명이 적힌 작품들도 저곳에 던져버리게
   단 한 줄로라도 그녀 곁에 남고 싶지만……
   꽃도 인간도 그립지 않군
   남아 있는 불빛도 다 꺼주게
   와이프가 다친 말들을 끌고 떠날 때 했던 조롱에 지나지
않아 이제
   그 상처는 왼쪽이 아니라 오른쪽에 그려넣어야 한다고 단
언할 수 있네

가죽 교향곡

본래 기억이란 어둡고 무참한 곳으로 가려 하기에
그것은 그것이 원하는 첫번째 운명
숨죽인 채 신은 강물 속으로 떨어진다*

동굴 주례
어둠에 서서 고개 숙인 연인들은 주례 앞에서 포옹했고
검은 눈자위를 굴리며 괴물들은 벽에 기대 그것을 참관
했다
동굴 밖으로 나간 연인들은 쏟아지는 빛 아래
면사포를 찢고 서로의 목을 졸랐다

숲 아래 절벽, 바다
방금 동굴에서 나온 자들 틈에서 나는 하나의 고독으로
자랐습니다
외눈으로 기억해봅니다 당신과 함께 살던 날들
숲에서 죽어가던 사슴 가죽을 벗겨 피코트를 만들었죠
이 사랑에 실패하면
당신이 없을 때가 좋았다고
모호하고 두려운 감정들
거기서 자라난 뿔이라고 생각했죠
세상의 혼자가 되었을 때
털 부츠를 신고 눈밭을 헤쳐 나를 발견해주진 않을까

뿔을 흔들었죠
그러나 그 지하실
내부에 잠들어 있던
지상의 남은 시간, 지상에 남은 언약들이
꿈 밖에서 들렸습니다

이게 네가 겪어야 하는 고통이니
네 어머니 나비라는 곡이에요**

몇 년 전에 떠났는지 기억나지 않는 그가 죽은 말을 타고
나타난다
그때 나는 편도나무 아래서 젖먹이 늑대들과 책을 읽고
있었는데
너는 내가 떠나온 꿈이었는데, 걸어도 끝이 없는 춥고 좁
은 낭떠러지
죽은 말이 나타났을 때
비로소 이 꿈이 원하는 것을 알게 된다
그 비탈에서 눈을 감으면 입에서 독이 흘러나왔고
천장을 올려다보면 검은 피가 쏟아지고
지하실 하수구
계단을 타고 사라지던
죽은 말들의 말발굽은 하얀 재로 흩어지고

* 잉에보르크 바흐만, 「소금과 빵」, 『소금과 빵』, 차경아 옮김, 청하, 1986.
** 영화 〈애수의 트로이메라이〉(1983).

비간 시티 거리에서

비간 시티 젖은 거리를 일그러진 유령 몰골로 돌아다녔지
어떤 나라의 고아들은 노래에서 물소리가 나고
도망치지 못하도록 발이 잘린 여자들의 이야기가 맥주 거
품으로 넘쳤지
너를 만나는 동안 시시해진 것들(맥시, 우리 아주 한적한
곳에서 모든 걸 지우는 일을 해낸 적이 있잖아)
너는 그런 말을 좋아했지 운명이 있다면……
웃지 않는 남자에게는 모든 걸 내줄 것처럼 굴어라
질릴 때까지 어젯밤 이야기를 지껄여라 다리 잘린 고아
들과
벗겨진 팬티를 쥐여주면 물소리가 나는 여자 이야기를
갱의 자식처럼 목에 칼을 꽂고 분수 같은 피를 뿜으며 돌
아다니고 싶은 심정을 그곳에서 얼마나 외로웠는지
맥시, 사랑과 심장은 가까이 두어선 안 되는 화분이었다
는 걸 아니
얼마나 가까운 거리에 있던 건지 그것이 얼마나 가까운
거리였던지
네 방에 심장을 두고 와서 이 분수처럼 뿜어져나오는 피가
병든 이방인의 죽음을 지켜보는 룸메이트의 비명이 두렵
지 않다
맥시 너를 데리러 갈게
천장과 바닥 온통 전쟁과 폭력 자유의
그것들을 오리고 붙인 모자이크로 가득한 네 병실에

맥시, 의사가 밖의 날씨를 묻거나
네가 감춘 손바닥 씨앗에 대해 물으면 바로 그곳을 뛰쳐
나와야 해
너의 입술 너의 눈을 그린다 물감, 물통, 작은 수첩……
너와 오래된 재료들 부드러운 개암나무숲과 불타고 있다

물에 비친 얼굴

새벽 두시, 트레비 분수 에메랄드빛 물에 잠긴 동전들 무장한 경찰들과 검은 개들 동네 마피아들이 침을 뱉거나 훑으며 지나간다 젤라토 상점 불이 꺼진다 분수 조명은 환하고 맑고 푸른 물에 비친 얼굴

나는 손으로 동전을 건진다 아무도 없는 시간을 저녁에 던져진 신선한 동전들을

맑고 푸른 물에 그의 얼굴을 떠올리며 끝이나 시작 같은 건 누가 만든 것인지 머리 색깔이나 생김새 그날의 날씨는 누가 정해주는 것인지 반주 끝에 한숨처럼 터져나오던 숨소리는

그것을 떠올리면 새벽 분수 바닥에 가라앉은 동전처럼 선명해지고 서서히 부패한다

무장 경찰들과 시커먼 개들에도 놀라지 않으며 동네 마피아들의 추파에도 위협을 느끼지 않으며 다만 끝이나 시작 같은 것은 누가 만들며 어딘가에서 정해지는 것인지 그것만을 생각하며

영원에 대한 감정은 영원을 빚을 수 없고 영원에 대한 기대는 영원만을 향할 테니 그저 너를 지켜본 시간들, 기억에

112

간신히 남은 희미한 여행객 같아 생각 속에선 모든 것이 흔
들렸어 푸른 물감을 떨어뜨리면 퍼져가는 물에 비친 그림
자처럼

해설
—

진실의 코
—

양경언(문학평론가)

1. 애프터 키코

슬픔이 금지된 지금의 사회에서 주하림의 시는 기묘하게 다가온다. 시가 좀처럼 슬픔의 늪에서 벗어나지 않으려는 듯 느껴지기 때문이다. 주하림 시가 잠겨 있는 깊은 늪을 들여다보면 그곳에서 잔치를 위해 마련된 줄만 알았던 "케이크"가 입안을 달콤하게 만들기도 전에 "난방에 녹고" 있고(「여름 키코」), 널어둔 "빨래"들은 바람에 "찢겨나가는"듯 보이며(「론드리」), "미친듯이" 비가 내려 혼탁해진 "수영장 바닥"에선 "기포가 펑펑" 터진다(「July」). 누군가가 울고, 무언가가 낙하하고, 어떤 마음이 파편화되는 움직임으로 이뤄진 시의 풍경은 '괜찮다'란 말과는 거리가 멀다. 말하자면, 시는 '괜찮다는 거짓말'을 할 줄 모른다. 오히려 꼭 괜찮은 상태로 있어야만 하느냐고 따지기라도 하는 듯 슬픔에 향응하는 일에 마음을 쏟는다.

무슨 일을 겪었기에 그렇게까지 슬퍼하는지 그 정황을 묻기 전에, 슬픔을 고집하는 일이 왜 기묘하게 다가오는지부터 우리 자신에게 물어야 할 것 같다. '슬픔이 금지된 사회'에서 개개인에게 들이닥치곤 하는 우울은 감춰야만 하는 것, 어떻게든 극복해야 하는 것, 곁에 두어선 안 되는 것으로 쉽사리 낙인찍히곤 한다. 사람이 하는 일들을 평가의 대상으로만 바라보거나 경제적인 가치로만 환산하는 지금의 사회는 더 나은 미래를 만드는 데 도움이 되는 감정은 따로 있다고 선별하고, 사람을 멈춰 세우는 종류의 감정은 쓸데없다면서 부정적으로 바라보게 하는 것이다(사회적 참사가 있을 때 오래 슬퍼하는 사람들을 향해 '이제 그만 좀 해라' '그런다고 뭐가 달라지냐'고 다그치는 일들이 벌어지는 걸 떠올려보라). 이러한 실용주의 노선, 강도 높은 자본주의 체제는 우리에게 끊임없이 체제의 기대에 부응하기 위한 목표에 충실해야만 '좋은 삶'에 다다를 수 있다고 압박한다. 이처럼 지금 우리가 왜 슬픔이나 우울을 떨쳐내는 편에 익숙한지 이해하기 위해서는 미국의 영문학자 로렌 벌랜트가 언급한 '잔혹한 낙관주의cruel optimism'를 참조해볼 수 있을 것이다. 잔혹한 낙관주의란 지금 자신을 옥죄는 상황이 만들어내는 여러 울퉁불퉁한 감정을 똑바로 직시하지 않고 그저 '괜찮다'는 기만에 기댄 채, 위태로울지언정 잘 인내하기만 한다면 언젠가 남 보기에 번듯한 성공과 행복을 쟁취할 수 있다고 믿는 사고방식을 가리킨다. 잔혹한 낙관주의가 지배하는 시대를 살아가는 사람들은 슬픔에 빠진 이들을 향해 이미 벌어진 과거 일에 언제까지 사로잡혀 있을 거냐며 쉽게 비난하고, 거기에서 빠져나오지 않으면 미래는 없을 것이라고 자주 겁박한다.

하지만 실상은 어떤가. 미래의 번영을 갈망하면서 자신의 현재에 닥친 슬픔을 부정한다면 억압된 그 감정은 어떤 무게로 되돌아올지 모른다. 좋은 미래를 열렬히 갈망하는 이일수록 자신의 일부분인 감정을 애써 제거하는 방식으로 스스로를 해하는 상황을 맞이하게 되고, 바로 그와 같은 이유로 번영이 어그러지는 결과를 만들어내는 '낙관주의'는 '잔혹'한 것일 수밖에 없다. 그러니 이런 사회에서 슬픔에 몰입해 있고 우울에 침잠해 있는 이들은 자신의 현재 상태에 집중함으로써 스스로를 잃어버리지 않으려는 이들, 무슨 일이 벌어졌는가를 끝까지 헤아리면서 자신이 느끼는 복합적인 감정에 책임을 지려는 이들이다. 주하림의 시는 그이들 편에 있다. 시가 집요하게 슬픔의 정황을 전하는 것이 '기묘하게' 다가온다면, 그간의 우리가 슬픔을 몰아내고 우울을 혐오하는 데 혈안이 되어 괜찮다는 거짓말을 꺼내는 일에 전념해왔던 건 아닌지 돌아볼 일이다.

주하림 시에는 슬픔을 참아내고 괜찮다 연기하면 남들이 인정하는 미래를 맞이할 수 있으리란 기만에 넘어가지 않는, 진솔함을 미덕으로 삼아 제 표정을 있는 그대로 지을 줄 아는 여자들이 등장한다. 이들은 사랑했던 사람과의 헤어짐을 단정하게 애도하는 대신 상실을 입에 한가득 머금고선 자신이 사건 이후를 어떻게 '살아내고 있는지'에 집중한다 ("손등에 적힌 글씨 따위 지워진 지 오래였고 너를 꺼내 나는 울고 있었습니다", 「뮤리얼 벨쳐 양, 세 개의 습작」). 이들에게 세상이 상정한 '좋은 삶'은 관심거리가 아니다. 그보다 이들은 "말하지 못"한 "슬픈 일"이 "목소리에 가려진 그림자"에 잠겨 있어 "손가락 사이로" "빛"이 "빠져나가"고, "갈비뼈 사이로" "통증"이 "새어들어오"며 "알아들을 수 없는 비명"으로 가득찬 현재의 상태에 관심을 둔다(「가까운 내면」). 혹은 이후에 들이닥칠 "무너질 듯한 절망에 대해 알지 못하는 소녀 소년들"이 순진하게 "침대에" "이야기"를 "묻어"두었던 과거를 끄집어내 거기에 묻어 있는 "먼지"를 들여다보고 그 시절이 실은 "제일 어두운 이름"으로 "내 이름"을 쓰던 시절이었음을 돌이키는 작업에, 기억을 감싸던 낭만적인 껍질을 벗겨내는 작업에 힘을 할애한다(「오로라 털모자」). 이들은 과거의 어떤 사건이 남긴 상처를 조급하게 회복하려 들수록 사건 이전의 자기 자신으로 돌아갈 가능성이 커진다는 것을 알고 있으므로, 그러한 관성과 다투면서 사건이 벌어진 후의 삶을 살아내려 한다. 관성에서 벗어나는 "대가를 치르더라도 오직 진실을 이야기하는 것만으로" 지금 이곳은 "안전하고 살 만한 장소가" 되기 때문이다.[1]

주하림의 첫번째 시집 『비벌리힐스의 포르노 배우와 유령들』(창비, 2013)이 마치 세상 너머의 이야기를 가면 삼아 쓰듯 다양한 인유allusion를 활용함으로써 한 사람이 느끼는 고립감을 시대의 통증으로 전환해내는 시들로 채워져 있다면, 구 년 만에 상재된 두번째 시집 『여름 키코』는 좀처럼 숨겨지지 않는 통증을 앓는 이들이 세상의 관성을 거스르며 울고, 낙하하고, 파편화되는 움직임을 행함으로써 기어이

---

1) 마리아 포포바, 『진리의 발견』, 지여울 옮김, 다른, 2020, 198쪽.

저 스스로 숨쉴 수 있는 현장을 마련하는 시편들을 전한다. 주하림의 여자들은 세상 너머의 허락을 구할 필요 없이 이전보다 더욱 분명하게 소용돌이치는 표정을 지으며 독자들 사이를 헤엄친다("헤엄을 배우는 동안 비늘이 떨어져나갔고 나는 그 경험을 간직할 수도 간직하지 않을 수도 있었다 설탕통을 쏟자 다시 떠오르는 기억",「붉은 유령」). 각각의 시편마다 서사적인 장치를 설치해둔 듯 여러 인물과 사건, 배경이 등장하는 주하림 작품세계의 특징은 이번 시집에선 진실을 이야기하기 위한 연기가 상연되는 무대로 활용된다.

세상이 따르는 객관적이고 물리적인 시간 순서와는 상관없이 '이후'를 만들어낸 사건의 중력에 이끌려 형성된 이국적인 시공간은 주하림의 이번 시집이 기묘하게 경험되는 주된 이유 중 하나이다. 시 속 굴곡진 현실은 주관적이고 직관적으로 인식된 것이다. 표제작「여름 키코」를 읽는다.

마지막 꿈꾸기와 더 나은 꿈 기억의 두 가지 빛이 섞인다
누군가 포크로 케이크 바닥을 긁는다
동그란 어깨뼈에 맺히는 땀
중학교는 다니지 말걸 파란 대문 뒤에서 옆 남고생 애들을 대주던 여자애와 오토바이를 타다 종아리 화상을 입던 애들뿐이었거든
잠들기 전까지 괴기한 생각
이제는 우르르 몰려다니지 않는 사촌들 그중 하나가 길

바닥에서 발작하며 피거품을 뿜는다 간질이래 얘기 들었
어?

　블러드 문blood moon에 고백을 받았대
　나는 너의 어느 쪽을 밀어도 만지고 싶은 미래
　기억은 자기를 알아보는 누군가 나타날 때까지 기다린대
　하지만 천국에도 지옥에도 그런 에피소드는 없었지
　블러드 문이 뜬
　바닷가
　바닷가
　천국이 지나간 자리
　언니의 남자들은 언니 마음이 투사된 그림이야
　키코, 그를 잠깐 사람으로 왔던 신이 쓴 글이라고 생각해
　종아리 화상 때문에 졸업식 사진은 상반신뿐
　잘려나간 하반신들이 걷고 있을
　바닷가
　끈적거리는 피의 해변
　머리카락에 크림 닿는 것이 싫어 단발이 되었다 졸업
식에 올 수 없는 부모와 누군가에게 일일이 실망할 기운
도 없다 120페이지 종아리 화상이 벚꽃 잎처럼 보인다 비
가 오기 시작

—「여름 키코」 부분

시는 "남자가 도망"가는 여름이 올 때마다 "의자를 쌓아

놓고 의자 꼭대기에서 창을 바라보"면서 "빈방을 고통으로" 채우는 "언니"의 이야기로 시작되어 고딕체로 구분된 "마지막 꿈꾸기와 더 나은 꿈 기억의 두 가지 빛이 섞인다"는 문장 다음부터는 언니와 '나'의 이야기가 중첩되며 이어진다. 고딕체 문장이 안내하는 바와 같이 이 이야기가 꿈속의 이야기와 그 꿈을 기억하는 이의 편집된 이야기를 섞어 이야기의 주인 자리에 여러 얼굴을 두는 태도를 취하고 있다면, 언니의 이야기는 꼭 언니 한 사람만 고유하게 겪은 것이 아니게 된다. 중학교 시절 "여자애"들이 겪었을 법한 난폭한 일들, 그 이후로도 징그럽게 계속되는 삶의 거칠고 사나운 과정들 사이에서 "나"를 찾고자 하는 이의 목소리가 여러 겹으로 들리는 것이다. 시는 '언니'를 소환함으로써 '여자애'들은 어떤 '이후'를 살아가고 있는지에 주목한다.

한 가지 특이한 점은 이들이 난폭하고 거칠고 사나운 일들을 겪었다 할지라도 마냥 '수동적'으로 "우르르 몰려다니"진 않았다는 데 있다. 시는 과거 여자애들이 스스로 움직이려는 열망을 사수하고자 했다는 것 또한 보여준다. 어떤 일은 여자애들이 자진해서 겪은 것으로 보이기도 하므로, 그러한 일화들은 '여름'이라는 계절이 지닌 생명력을 배경 삼아 "천국"과 "지옥"의 두 속성을 동시에 지닌 것으로 기억된다. 미화된 추억과 엄연한 폭력이 한끗 차이로 존재하는 것이다. 이는 과거의 일들에 대해 얘기하는 자리("의자")를 '남자'와 '남고생 애들'에게 내어주지 않고 '언니'와 '나', 그리고 '여자애'들이 끝까지 지키려는 이유이기도 하다.

'여름'은 자신에게 무슨 일이 벌어질지도 모르면서 순진하게 주어진 순간을 만끽하는 어리석은(그러나 바로 그와 같은 이유로 아름다운) "인간의 환대로 가득한" 계절이자, 무슨 일이 벌어진 이후 그 일이 벌어졌던 자리를 맴돌며 그 일에 연루된 채로만 존재하는 지금을 기록해나가는 계절이다. 시에서 이 기록은 마치 지구의 그림자에 가려진 달이 태양빛을 제대로 받지 못하고 그나마 파장이 긴 붉은빛을 받아 "블러드 문" 현상이 일어나는 때가 있음을 환기하듯이, 많은 이의 그림자에 가려져 드러나지 못했던 과거 중에서도 가장 파장이 긴 '나'(혹은 언니, 여자애들)의 "마음이 투사된" 기억을 '나'(혹은 '우리', 여자애들)의 관점에서 나름대로 편집한 끝에 적은 것에 가깝다(「여름 키코」뿐 아니라 「붉은 유령」을 비롯한 다른 시편에서도 '붉은색'은 종종 자신만이 건져낼 수 있는 기억의 파편을 조명할 때 쓰인다). 사건 '이후'를 살고 있다는 자각을 하는 이가 결국엔 해당 사건을 의미화하는 주인이 되는 셈이다. 그렇게 여름의 바닷가는 '도망간 남자'를 비롯해 "파란 대문 뒤" "옆 남고생 애들"과 같이 폭력적인 행위를 일삼던 이들이 자신의 영향력을 과시했던 장소가 아니라, "종아리 화상"을 입었다는 이유로 사진의 프레임 너머로 잘려나간 여자애들의 "하반신들이 걷고 있을" 장소로, "녹고 있"는 "크림"과 "오기 시작"한 "비"와 같이 무너지고 하강하는 마음이 상처 입은 그

대로 파도치는("끈적거리는 피의 해변"으로 이뤄진) 장소
로 기록된다.

시는 '그런 일'을 겪은 것을 후회도 하지만("중학교는 다
니지 말걸"), 그후 자신에게 어떤 감정이 찾아든다 해도 그
모두를 감당하고 말겠다는 결연함을 지닌 이들에 대해 말한
다. 이들에게 남들이 강요하는 미래는 중요하지 않다. "시
간은 흐르는 것이 아니라 변해"(「스웨터 침엽수림」)가는 것
이므로, 통증을 다른 누구도 아닌 제 방식으로 해결하려는
마음이 가장 중요하다.

2. 창조적인 여자들의 거리

이렇게도 말할 수 있을 것이다. 주하림의 시는 대다수 사
람들이 부정하거나 감추려 들기에 바쁜 '정신의 극단적 상
태' 한가운데를 모험하기를 주저하지 않는다.

여성들을 향해 "수동성은 타고난 것이라고 주장하고" 여
성들의 "독립성과 창조성을 얼마든지 부인할 준비가 된 세
상에서" 수많은 여성들은 "공개적으로 인정받을 수 있는 페
르소나와 본질적이고 창조적이고 힘이 있는 자아"를 "동시
에 인정받을 수 없고", "어쩌면 괴물로도 보일 수 있는 자기
자신 사이의 분열"로 인한 "무게를 견디지 못"해 "정신병원
에 가거나, 스스로 침묵을 강제하거나, 반복적인 우울과 자

살, 심각한 외로움 등 극단적인 결과를 맞이"하기도 한다.[2]
시인이자 비평가인 에이드리언 리치가 1975년에 에밀리 디
킨슨의 시에 대해 발표한 이 글은 세상의 질서를 강요당해
자주 악몽을 꾸는 여자들이 살고 있는 지금 시대에도 여전
히 유효하다. 에밀리 디킨슨과 실비아 플라스, 최승자와 박
서원 등 선배 시인들이 여성으로 하여금 자아와 마음을 분
리하도록 강제하는 시대에 맞서 용감하게 써나갔던 시는 지
금까지 이어지고 있고 그 연장선상에 주하림의 시가 있다.
주하림 시는 여성의 능동성과 독립성, 창조성이 극단적으로
펼쳐지는 현장을 탐구하는 일을 물러섬 없이 수행한다. 가
령, 유난히 '악몽'의 내용처럼 읽히는 시편들("꿈속의 침대
는 잘 골랐구나 나를 죽일 올가미도 고양이도 내가 만든 고
통의 무대, 피도 닦고 천장에 튄 내장도 닦아내고", 「사랑의
알브트라움Albtraum」, "밤의 반점을 향해 짖는 짐승들/ 예
술가 의자에 쌓인 머리카락/ 어둠에 시든 과일", 「비 오는
동유럽, 신체의 방」, "부서진 날짜, 굳어가는 우유, 굵고 짧
은 밧줄, 동그란 나무 탁자/ 그 위로 흐르는 포크송 *해가 지
는 밤*", 「블랙 파라다이스 로리」)을 마주할 때, 독자인 우리
는 더럽고 썩어가고 비참하게 남겨진 이미지들이 실은 동시
에 찬란하다는 것을 어렴풋이 알게 되면서부터 마음이 분주

---

2) 에이드리언 리치, 「집 안의 활화산: 에밀리 디킨슨의 힘」, 『우리 죽
은 자들이 깨어날 때』, 이주혜 옮김, 바다출판사, 2020, 103~104쪽.

해진다. 세상에 적응하지 않고 미쳐 날뛰기를 택한 '광기'는 병원에 감금하거나 침묵하도록 통제해야 하는 것이 아니라 예술적으로 표출되어야 하는 것, 아름다운 것임을 이 시들은 말하고 있기 때문이다.

시는 목숨을 걸고서라도 자기 자신의 목소리로 말하고 말겠다는 열정이 기쁨과 고통을 동시에 낳는 상황을, "어둡고 아름다운 것들을 믿어왔던 일을" "피하지 않(「모티바송mo-tivation」)"는 강단을, 이를 기어코 예술의 재료로 활용하는 여성들을 담는다. 그이들을 향해 위태로운 시선을 던지며 '미친 여자'라는 오명을 씌우지 않는다. 오히려 "분에 넘치는 사랑"(「로스트 밸런타인」)으로 광활한 창조의 세계를 열어젖히는 관능적인 예술가라는 명예를 그이들에게 안겨준다.

언니는 미술학교에서 정신병자로 불렸습니다
아침 광장에 나가 청소부들을 그렸고 어깨에 앉은 새들의 말을 들어주었죠 새들의 머리에 키스할 수 없게 되더라도…… 너무 슬퍼하지 말자
그녀는 명령을 기다렸어요 죽은 자의 얼굴을 색칠하고 덧칠하다
그 얼굴을 영원히 갖기 위해 덧칠을 긁어낼 것이다
가끔 헤어진 그에게 망령을 보내요 잠든 얼굴을 색칠해 그의 영혼이 그를 못 찾게 하려고
망상이란 이해할 수 없고 사실이 아니며 주위의 어떤 말

에도 흔들리지 않는 믿음이라는 것을 알지만
　모래가 흐른다
　유리 벽면을 타고 모래가 흐르는데

　(……)

　그곳에는 눈 내리지 않는 계절이 없어요
　언니는 수업중에 파란색 물감을 빨다 선생님에게 크게
혼나고 화가의 꿈을 포기했다지만 언니가 그 황홀을 포기
할 리 없죠 예술은 심장의 천공 같은 것이니까
　　　　　　　　　　　　　—「덴마크 입국소에서」 부분

　바이올렛과 흰 빛으로 발광하는 여가수가 목이 멘 채로
독백을 시작한다

　그때 지상에 내 슬픔이 무엇인지 아는 것이 단 하나라도
있었다면 나는 지상을 떠나지 않아도 되었을 텐데

　　　장내를 채우는 구슬픈 피리 소리
　　관객들이 일어나 요란하게 박수를 치고
　깃털 달린 반쪽짜리 가면, 망원경을 떨어뜨리고 자리를
　　　　　　　　　　뜨는데

127

객석 구석에 앉은 요정만이 홀로 어깨를 떨며 눈물을
흘리네
—「요정극」 부분

정오의 유리창
착란 증세로 십일층 아래로 뛰어내린 작가의 초기작
널려 있는 캐리어 짐
천국의 뒷면으로 불리는 이곳엔
어둠에 잠긴 욕조도
한쪽 날개가 부러진 딱따구리 같은 가족들도 없지
레이스와 라탄으로 엮은 모자가 날아간다
그것을 쓰고 밖으로 가야 하는데

자기 살을 찢어 흰 뼈를 드러내고
피투성이 모습으로 광장을 향하며 기억은 보여준다
이 어둠 속에서 클레멘타인을 부르는 이를
열리지 않는 창 죽을힘을 다해 그것을 잊지 않으려는
어둠 속에서 어둠은 검고 젖은 날개 펄럭인다
어둠은 당신에게 슬픈 춤을 건넬 수 있다
붉고 아름다운 입술을 훔쳐줄 수 있다
괴로워 그르친 일들 되돌려줄 수 있다 잠에서 깨자마자
당신은 태양 대신 끌려가 작물처럼 길러진다
나를 잡아줘 나뭇가지가 부러진다

이스키아 이스끼아

—「이스키아 이스끼아」 부분

앞의 세 편의 시에서는 '정신병자'로 불릴지언정 "한 편을 갈기갈기 찢어놓은 영화의 주인공"(「덴마크 입국소에서」)의 심정으로 그림을 그리는 "언니", "목이 멘 채로"도 "독백"을 이어가는 "여가수", "죽을힘을 다해" "열리지 않는 창"을 열고 "십일층 아래로 뛰어내린" "작가"의 목소리가 직접적으로 들린다. 이들은 "아주 슬픈 기억"(「덴마크 입국소에서」)을 내버려두지 않고 그 기억을 형성하는 얼굴들을 채색함으로써 기억에 장착된 심장이 뛸 수 있도록 이야기를 이어가고, 지상의 이름 없는 슬픔을 경배하는 노래를 부르며, 어둠과 아픔으로 안무를 짜서 춤을 춘다. 독특하게도 언니와 여가수와 작가 곁에는 그이들을 더 높은 계단에 오른 예술가로 바라보는 시선이 더불어 있어, 시는 창조력이 외롭게 싹틔워질지언정 허무하게 시들진 않는다는 걸 보여준다. 삶을 단지 견디는 게 아니라 "매 순간 강렬하게 경험하는"[3] 존재들에 주목하는 것이다.

언니와 여가수와 작가의 감각을 통과하면서 세계는 모래시계가 깨진 불안한 곳이 아니라 "깨진 모래시계"(「덴마크 입국소에서」) 덕분에 얼마든지 다른 배열의 기억이 현존할

---

3) 같은 책, 112쪽.

수 있는 곳, 요란한 박수 소리보다 객석 구석에서 눈물을 흘리는 소리와 공명하면서 지상에서 느낄 수 있는 정서의 핵심을 배우는 곳, 어둠 속에서도 작물처럼 길러질 수 있는 곳으로 탈바꿈한다. 예술로써 자신의 힘을 제대로 받아들일 수 있게 된 여성들은 주어진 곳에 머물지 않고 더 먼 장소로 나간다.

　　여행자들의 신발을 닦다 훔쳐 달아나야 하는
　　이 거리에서 고라니처럼 살아남은 나를 생각했습니다
　　함께 거리에 남은 가족과 친구들
　　그들에게 받아온 작은 애정…… 버려진 과일과 빵으로
배를 채우며
　　몸에 남은 크고 작은 멍자국 그 은혜를 허물처럼 벗으며
　　　　　　　　　　　　　　　　　　　　—「모국의 밤」 부분

　　비간 시티 젖은 거리를 일그러진 유령 몰골로 돌아다
녔지
　　어떤 나라의 고아들은 노래에서 물소리가 나고
　　도망치지 못하도록 발이 잘린 여자들의 이야기가 맥주
거품으로 넘쳤지
　　(……)
　　맥시 너를 데리러 갈게
　　천장과 바닥 온통 전쟁과 폭력 자유의

그것들을 오리고 붙인 모자이크로 가득한 네 병실에
맥시, 의사가 밖의 날씨를 묻거나
네가 감춘 손바닥 씨앗에 대해 물으면 바로 그곳을 뛰
쳐나와야 해

　　　　　　　　　　　　—「비간 시티 거리에서」 부분

시에서 '나'는 걷는 자유를 사수하면서 거리로 나선다. 거
리로 나선 여자들을 향해 성적인 시선을 던지고 그이들을
"피자 박스처럼 팔려가는"(「옆자리 약혼자 키나」) 존재로
취급하는 세상, "여자들"이 "도망치지 못하도록 발"을 잘라
버리는 이야기가 넘치는 세상에서 '나'에게 걷는 일이란 그
모든 방해 요소를 뚫겠다는 결단과 함께 시작된 행동이다.
　작가이자 활동가인 리베카 솔닛은 단순히 재미삼아 슬렁
슬렁한다 하더라도 걷는 일에는 세 가지가 필요하다고 말한
다. "자유 시간" "걸을 만한 장소" "질병이나 사회적 제약으
로부터 자유로운 육체"가 그것이다.[4] 솔닛은 "자유 시간에
는 다양한 변수가 있지만, 대부분의 시간대에 대부분의 공
공장소는 여자들에게 그렇게 편하고 안전한 장소가 아니"
라고 말하면서 "법률, 성별 관행, 추행과 강간의 위험 등"
"여자들이 걷고 싶을 때 걷고 싶은 곳을 걷는 일"에 가해지

---

4) 리베카 솔닛, 『걷기의 인문학』, 김정아 옮김, 반비, 2017, 374~375
쪽.

는 제약을 언급한다.[5] 솔닛의 글을 인용하지 않더라도 대부분의 여성들은 이를 경험해본 일이 있을 것이다. 어떤 이들에게 거리와 광장과 공공의 장소로 나아가는 행위 자체가 호락호락하지 않다는 것은 우리가 살고 있는 지금 이곳이 편향적으로 설계되어 있다는 것을 일러준다. 여자의 걷기를 성별화한 표현(솔닛은 영어에서 '창녀'를 뜻하는 표현으로 '길거리를 걷는 사람streetwalker' '거리의 여자woman of the streets' '도심의 여자woman of the town' '공공의 여자public woman' 등이 쓰인다고 말하는데, 이는 한국어에서 성매매 종사자를 '직업여성'이라고 지칭하는 사례와도 겹쳐 보인다)이나, "상품으로서의 여자든" 소비자로서의 여자든 "도시의 매매 생활과 분리될 수 없는 존재로"[6] 여자를 소환했던 19세기 유럽의 상황—비단 유럽만의 얘기일까?—을 떠올린다면 여성이 거리로 나서는 행위 그 자체는 사회적 금기에 격렬하게 저항하는 몸짓으로 해석될 수 있다.

주하림의 시에서 거리로 나선 여자들은 자신의 걷기가 '이동'이 아닌 '공연', '구경거리'로 비춰지는 상황을 역으로 활용하며 이렇게 말하는 듯하다. 마음껏 보라, 그러나 나는 나를 향한 그 보잘것없는 시선을 끝까지 기억할 것이다, 더 멀리 갈 것이다, "몸에 남은 크고 작은 멍자국"을 "허물

---

5) 같은 책, 375쪽.
6) 같은 책, 380쪽.

처럼 벗으며", "살아 있다는 감정" 자체를 질료 삼아(「모국의 밤」), "심장"을 구하러 갈 것이다(「비간 시티 거리에서」). "어떤 말실수로 이방인들은 전쟁 포로가 되"는 걸 알고 있지만(「검은 겨울」) 바로 그렇기 때문에 이방인으로서, 더욱이 많은 이들의 기억에 관한 한 영원한 이방인으로서 움직일 것이다, "밤마다 벽에 머리를 찧는 여자"가 "달아나는 꿈"을 꾸는 일을 포기하지 않을 것이다(「스웨터 침엽수림」).

　　개는 이제 없는데 개가 물 먹는 소리가 난다
　　이십대가 기억나지 않는데 앞에 앉아 있는 사람에게 이
　야기해야 한다
　　분수가 있는 광장, 달려가면 얼굴로 빛이 쏟아진다
　　몸으로 들어온 빛이 흰 나무로 뻗어나가는 동안
　　몸이 수천 개로 갈라지는 상상을 한다
　　멀고 긴 여행, 줄지 않는 바트
　　얼음을 띄운 욕조 검게 탄 팔다리가 욕조 밖으로 늘어
　진다
　　부서진 벽, 벽 틈에서 들려오는 시곗바늘 소리
　　부서진 어금니 조각이 떨어져 있고
　　침대에 묻은 핏자국 상처가 날 빨아들인다
　　(……)
　　습도를 견디면 다음 생은 인간이 아닌 것으로 널 찾아

갈 수 있을까
　　호스텔 일층 빈티지 숍
　　대서양에서 배와 트럭에 실려온 백팩으로 로비가 가득
찬다
　　로비 이층 창으로 바람이 분다
　　혼숙을 하며 건기를 기다린다
　　열린 창으로 세탁기 돌아가는 소리가 들리고
　　티셔츠를 벗는데 브래지어가 벗겨진다 오스트리아인 남
자가 그것을 지켜본다
　　　　　　　　　　　　　　　　　　　　　　　—「수분」 부분

　　이 시에서 들리는 목소리는 거리로, 광장으로, 그보다 더
먼 곳으로 '나'가 직접 움직이는 중에 새어나오는 것 같다.
"없는데" 있는 것처럼 감지되는 것, "기억나지 않는데" 희
미해진 상태로 다시 불러와야 하는 것들에 둘러싸여 '나'는
"달려"간다. 이 이동은 '나'로 하여금 눈에 보이진 않지만
여전한 것들을 습도로 감각하게 한다. 잃어버린 '너'를 자신
의 방식대로의 이미지로 주조하게 만든다.
　　요컨대 주하림의 시에서 거리로 나서는 행위는 '나' 자신
의 기억을 끝내지 않기 위해 움직이는 '나'가 '나' 자신의 편
에서 기억의 조각들을 변형시키는 작업이라 할 수 있다. 이
동할 때마다 '나'의 몸을 밀고 "들어온 빛"이 "상상"을 만들
고, 그 자리에서부터 세계가 다시 쓰이기 시작하는 것. 보이

지 않았던 것이 보이고 들리지 않았던 것이 들리면서("부서
진 벽, 벽 틈에서 들려오는 시곗바늘 소리/ 부서진 어금니
조각이 떨어져 있고/ 침대에 묻은 핏자국 상처가 날 빨아들
인다"), '나'가 사랑했던 그러나 잃어버린 대상을 향한 '나'
의 이야기는 터져나온다("습도를 견디면 다음 생은 인간이
아닌 것으로 널 찾아갈 수 있을까"). '나'를 구원하기도 했
고 망치기도 했던 모종의 대상에 대한 진솔한 목소리는 저
만의 질감을 찾는다. 그렇다면 '나'를 끊임없이 구경거리로
두려는 시선이 있다 한들("오스트리아인 남자가 그것을 지
켜본다") 이동은 여성에게 사유와 창작의 동력이자 '포기할
수 없는 것'이 된다. 거리로 나서는 주하림의 여자들은 안전
을 보장하지 않는 이 세상에 자신이 엄연히 속해 있다는 사
실을 이렇게 받아들인다.

3. 진실의 냄새를 맡는 시

주하림 시의 여자들이 "위험할 수 있"어도 "메마른 희망
을 갈망으로 바꾸는 법"(「베케이션 빛」)을 익히기 위해 탈
주하듯 걸어나갈 때 동반되는 것은 지금은 없는 '너'에 대한
생각이다. "미친듯이 퍼붓던 비를 맞으며 끝났"던 "그해 여
름"의 "너"(「July」), "묻고 싶은 것"이 많지만 그 물음을 "끝
내야" 한다면 결국 아무것도 물을 수 없는 자리에 있는 "당

신"(「쇼스타코비치의 숲」), "나를 빼앗길까봐" 전전긍긍하게 만드는 "그 사람"(「컬렌 부인, 끝나지 않는 여름밤 강가에서」)에 대한 생각이 홀로 거리에 나서는 여자들의 머릿속을 채우는 것이다.

그래서인지 주하림의 시에서 여름은 대체로 "기괴한 분위기"(같은 시)를 띤다. 청량하고 쨍한 기운보다는 숨쉬는 존재들이 습하게 엮이고 섞이는 분위기가 바깥으로 나서는 여자들의 주위를 감싼다. 『여름 키코』를 지배하는 여름이란 다시 말해, 시에 등장하는 '나'가 '너'를 열렬히 회고하는 동시에 (그렇다고 거기에만 종속된 채 '너'를 갈망한다는 말을 늘어놓는 게 아니라) '너'와의 기억을 또렷이 품은 '나'의 목소리를 마치 거미줄처럼 동여매는 계절, 주위와 엮여 있는 동시에 오롯이 혼자 서 있는 한 사람의 감각이 살아나는 계절이다("나를 그로부터 흘러나온 무언가라 생각한 밤도 있었지만/ 그 무서운 이야기로부터 멀리 벗어났고/ 해변에 도착했죠 뜯겨나간 갈색 머리는 반듯하게 자랐고/ 누군가 나를 부르면 그곳이 방이 되는, 여름이 전부였어요", 「팔월 모래 무덤」). '나'의 목소리를 동여맸다고 했거니와 주하림 시는 여름을 낭만적으로 박제하지 않는다. 그 대신 여름을 가로지르면서, 허위로 포장하지 못할 어떤 상처가 생겨나는 냄새를 맡고 그 흔적을 만진다.

무한히 아름다운 날들, 물냉이 향, 서퍼들이 먹고 난 그

릇들, 설거지하다 생긴 상처는 곪고 마르지 않고

　해가 지면 너는 모닥불과 치킨 춤으로 시끄러운 비치
파티에 갔고

　때론 롱보드 대신 다른 것을 옆구리에 끼고 돌아왔지

　웃고 마시고 흔들며

　해변에서는 좋아하는 사람을 눈으로 좇게 되어 있어

　다시 검은 숲으로 사라져가는 반딧불이같이 우리의 이
별을 생각했지

　해변의 컨테이너로 들어오는 공기

　폐에서 빠져나가는 공기

　주방과 거실 바닥을 굴러다니는 차가운 테니스 볼

　손에서 바다에서 낮게 불어오는 오줌냄새 무르가 무르가
　　　　　　　　　—「몽유병자들의 무르가murga」 부분

　"짓무른 복숭아 냄새" "목덜미 땀냄새" "썩은 정액 냄새"
"소금 마늘 레몬 냄새"가 뒤섞인 바다에서 시작하는 「몽유
병자들의 무르가」에서 '나'에게 여름은 '너'와의 추억이 아
름답게 서려 있는 계절이 아니다. 오히려 상해가는 관계에
매몰돼 있으면서도 '나'가 언제부터 스스로를 속이며 그 바
다에 머무르려고 했는지를 가늠해야 하는 계절이다. 시는
그러한 가늠을 냄새를 맡으면서 한다. 시각으로도 감지하지
만("검은 숲으로 사라져가는 반딧불이같이 우리의 이별을
생각했지"), "손에서 바다에서 낮게 불어오는 오줌냄새"를

맡으면서야 비로소 사랑과 이별을 실감한다. 진실을 감별하는 코가 출현할 때 여름은 '나'에게 있어 자신이 살아 있다는 감각을 생생하게 일깨워주는 계절이 된다. 추상적인 현실 인식에 매몰되어 있던 '몽유병자'들을 '무르가', 즉 여러 감각이 뒤섞인 카니발이 흔들어대면 "주방과 거실 바닥"을 딛고 선 구체적인 존재로서의 '나'가 숨을 쉬며 깨어난다.

　주하림 시는 생생하고 구체적인 감각을 사수함으로써 진실을 말하는 일을 두려워 말라고 얘기한다. 그러니까 한때는 완벽하다고 자부하며 받아들였을 상대의 얼굴에서 새어나오는 "어떤 부패"를 감각하고, "한 번도 의심해본 적이 없는 곳에서" "비속한 세계"를 느끼면서 "사랑의 대상을 감싸주는 부드러운 장갑"을 벗어던진다.[7] 누군가가 울고, 무언가가 낙하하고, 어떤 마음이 파편화되는 움직임으로 이뤄진 풍경으로 이동하여 '괜찮지 않은' 사태를 펼쳐 보인다. 자신의 언어를 둘러싼 껍질을 벗겨내 그 속내를 드러낸다. 시에서 버려지고, 파괴되고, 찢겨져나간 정황들은 승화와 고양을 거부한 채 슬픔과 통증에 머묾으로써 오히려 진실을 증언하는 이가 반짝일 수 있는 조건들로 작동한다.

　　심연에서 떠오른 날이었습니다
　　나는 내 힘으로 떠올라

----

7) 롤랑 바르트, 『사랑의 단상』, 김희영 옮김, 동문선, 2004, 47~51쪽.

다른 이의 힘을 더해 육지에 이를 수 있었습니다
모래사장에 모인 이들의 표정은 어떻습니까
이것을 또 어떤 이야기로 꾸미고 버무리고……
갑자기 숨이 쉬어지지 않는다
터무니없는 바람일까요 대접을 받으며 살던 지난날을
기억해내는 일이

끔찍했던 일들이 커다란 솥뚜껑에 덮일 즈음
이곳 풍경과 학습에 익숙해져갔지요 그러나
부두에서 쉼없이 재잘거리며
끝을, 끝장을 내자고 말하던 그녀는 어디로 갔습니까
해초나 조개껍데기가 붙어 있을 그녀의 매끄러운 알몸
은요
그러나 이제 당신은 돌이켜서는 안 되는 일이 되어버
렸고
그녀 또한 심연에 가라앉은 나를 찾기보다
하늘을 떠도는 갈매기를 쫓는 것에 재미를 붙였겠죠

과거의 필명과 주소 동행했던 자를
편지에 써내려갔습니다
……기다림에 속아 좋아하던 겨울이 다 갔다
지금까지 받은 교습의 내용은 다 잊어버렸고
나는 결코 멍청이가 아니다!

결코 열정을 잃어서가 아니란 사실
목구멍 깊숙이 숨은 나를 찾지 못한 것뿐이다
베네치아에서 온 화가가 그려준 초상화를 찢고
호수에 버려둔 내 얼굴을 찾으러 갔지만
더이상 바다나 호수의 문제는 아니었습니다
　　　　　　　　　　　　　　—「심연의 아침」 부분

　앞의 1장에서 언급한 「여름 키코」의 '키코'는 피하지 않
는 사람이다. 「심연의 아침」에서 '나' 또한 키코와 마찬가지
로 "끔찍했던 일들"에 "끝장을 내자고" 쉽게 말하는 사람
들과 다른 편에 선다. '나'는 여전히 "끔찍했던 일들"의 이
후를 겪어내는 중이다. 그 일은 '나'를 "심연에 가라앉"게
만들지만, '나'는 '나'가 가라앉도록 가만두지 않는다. '나'
는 심연에서 "내 힘으로" 떠오름으로써 어떻게든 '나'를 잃
어버리지 않기 위해 애를 쓴다. 자신에게 닥친 상황을 피하
지 않는다. 그러니 "나는 결코 멍청이가 아니다!"라는 외침
은 '나'를 심연에 가라앉히고 서서히 부패하게 만드는 외압
을 뚫고 "목구멍 깊숙이 숨은 나"를 건져올리려는 힘에 의
한 것이다. 시에서 '나'는 "떨어질 것을 각오하고 우스꽝스
럽게 짚고 올라갈" "벽"으로 다가가는 일에서 물러서지 않
기로 한다. 지나간 일과 내내 싸워야 한다는 사실을 짊어지
기로 한다. 날로 희박해져가는 자신을 지키기 위해, 매섭도
록 정직한 방식으로.

종결어미가 삭제된 표현이 결구 자리에 놓이는 주하림 시들의 열린 엔딩을 보라. 이런 종결은 마침표보다 더 강고하게 자물쇠 역할을 하는 듯하다. 문을 걸어 잠근 곳에서 지나간 일을 내내 쓰는 자리에 시인이 있다. 주하림은 해방의 시가 아니라 결박의 시를 쓴다. 영원을 꿈꿨던 시간이 남긴 감정들에 책임을 진다. 끝까지 가서 진실을 매듭짓고자 한다. 쇠창살 같은 "비가 오기 시작"(「여름 키코」), 시인은 무대의 장막을 걷어 그 한가운데로 걸어가고.

주하림　2009년 창비신인시인상으로 등단했다. 시집으로 『비벌리힐스의 포르노 배우와 유령들』이 있다.

문학동네시인선 176
여름 키코
ⓒ 주하림 2022

1판 1쇄 2022년 7월 27일
1판 8쇄 2024년 7월 26일

지은이 | 주하림
책임편집 | 오윤
편집 | 서유선 김내리
디자인 | 수류산방(樹流山房) 본문 디자인 | 이주영
저작권 | 박지영 형소진 최은진 오서영
마케팅 | 정민호 서지화 한민아 이민경 안남영 왕지경 정경주 김수인 김혜원
　　　　김하연 김예진
브랜딩 | 함유지 함근아 박민재 김희숙 이송이 박다솔 조다현 정승민 배진성
제작 | 강신은 김동욱 이순호
제작처 | 영신사

펴낸곳 | (주)문학동네
펴낸이 | 김소영
출판등록 | 1993년 10월 22일 제2003-000045호
주소 | 10881 경기도 파주시 회동길 210
전자우편 | editor@munhak.com
대표전화 | 031) 955-8888 팩스 | 031) 955-8855
문의전화 | 031) 955-2696(마케팅), 031) 955-8864(편집)
문학동네카페 | http://cafe.naver.com/mhdn
인스타그램 | @munhakdongne 트위터 | @munhakdongne
북클럽문학동네 | http://bookclubmunhak.com

ISBN 978-89-546-9812-2 03810
* 이 책은 2020년 서울문화재단 문학창작집 발간지원사업의 지원을 받았습니다.
* 이 책의 판권은 지은이와 문학동네에 있습니다. 이 책 내용의 전부 또는
　일부를 재사용하려면 반드시 양측의 서면 동의를 받아야 합니다.

잘못된 책은 구입하신 서점에서 교환해드립니다.
기타 교환 문의: 031) 955-2661, 3580

www.munhak.com

문학동네